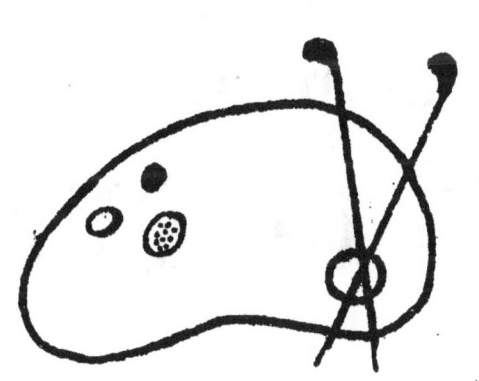

Couvertures supérieure et inférieure
en couleur

HISTOIRE
D'UN CIRQUE

PAR

MME LA C^{SSE} DE BEAUMONT

PARIS

LIBRAIRIE BLÉRIOT

HENRI GAUTIER, SUCCESSEUR

55, QUAI DES GRANDS-AUGUSTINS, 55

UNE HISTOIRE DE CIRQUE

A LA MÊME LIBRAIRIE

DERNIÈRES NOUVEAUTÉS

Le Puits qui Parle, par Jeanne SANDOL. 1 vol. in-12 . . . . 2 fr.

Un Mariage original, par Mᵐᵉ E. MEUNIER. 1 vol. in-12 . . . . 2 fr.

Cousine Esther, par M. MARYAN. 1 vol. in-12. . . . 2 fr.

La Fleur de Neige, par Raoul DE NAVERY. 1 vol. in-12. . . . . 2 fr.

Avant, Pendant et Après, par ROGER DES FOUR-NIELS. 1 vol. in-12 . . . . 2 fr.

L'Antiquaire, par WALTER SCOTT. 1 vol. in-12 . . . 2 fr.

Député sortant, par Ernest LIONNET. 1 vol. in-12 . . 2 fr.

Pour recevoir chacun de ces volumes franco, il suffit d'en envoyer le prix en mandat-poste ou autre valeur à M. Henri GAUTIER, éditeur, 55, quai des Grands-Augustins, à Paris.

IMP. GEORGES JACOB, — ORLÉANS.

COMTESSE ANDRÉ DE BEAUMONT

UNE HISTOIRE

DE CIRQUE

PARIS

LIBRAIRIE BLÉRIOT

HENRI GAUTIER, SUCCESSEUR

55, QUAI DES GRANDS-AUGUSTINS, 55

UNE HISTOIRE DE CIRQUE

I

Les foires de Maubourguet.

« Cirque Bourgeons.

« Grande représentation ! !

« Une seule dans la journée ! ! !

« Entrez, Messieurs et Mesdames... On va commencer, pressez-vous, prenez vos places ; les premiers entrés jouiront du spectacle dans toute sa splendeur ; venez voir les frères Eugène dans le travail des deux hercules ; Zéphir, cheval sauteur, monté par l'intrépide Mme Meni ; le terrible saut périlleux exécuté par le jeune Gaétan Moreno et le travail en grâces d'Hélène, la petite merveille : dès l'âge de sept ans, cette jeune fille s'élançait hardiment d'un trapèze fixé au sommet du cirque sur le dos d'un cheval emporté.

« Entrez sans crainte, braves gens ; pour le temps de la foire ce n'est que cinquante centimes, dix sous les premières, quatre sous les secondes : le spectacle est deux heures : douze exercices variés, sans compter les surprises. En avant la musique !... »

Un bruit formidable de grosse caisse, de cymbales et de fifres couvrit immédiatement la voix de stentor qui venait de faire cette longue énumération sans reprendre haleine. C'était un gros homme vêtu d'un vieux costume de velours grenat, singulièrement défraîchi par les longues campagnes qu'il avait fournies sans doute, mais faisant encore un certain effet. Sa figure, barbouillée de rouge et de blanc, conservait sous ce masque un certain air de bonhomie ; il se démenait avec force et par ses gestes cherchait à attirer les badauds qui, étourdis par le bruit et un peu grisés de soleil et de poussière, se laissaient entraîner et montaient en masse à l'escalier qui conduisait au cirque.

Ils étaient là six à faire la parade ; six à se remuer dans les mêmes gestes et les mêmes grimaces, mais ils le faisaient avec moins de conviction que le bonhomme à l'habit grenat; c'était évidemment le maître de l'établissement, et la recette devait avoir pour lui une importance toute particulière.

On était en pleine foire de Maubourguet, petite ville située à la limite du Béarn dans les Hautes-Pyrénées et dont l'importance est à peu près nulle en temps ordinaire, mais qui prend au mois d'octobre une physionomie pleine d'animation et d'entrain.

Il s'y tient en effet à cette époque une importante foire de chevaux : on y mène les hardis et élégants sauteurs des plaines de Tarbes; aussi les amateurs viennent-ils en foule acheter ces petits chevaux si légers, aux nerfs d'acier, dont les pieds sûrs franchissent sans apparence de fatigue les durs sentiers de la montagne.

Au bout de deux jours, les chevaux disparaissent, mais la foire continue pendant quinze autres, sous prétexte de savon de Marseille et de fromages de Saint-Girons que l'on y vend à des prix avantageux; toutes les ménagères y viennent là faire leurs emplettes pour l'année et c'est le grand rendez-vous de la jeunesse des villages, qui dans les provinces du Midi est avide de baraques foraines et de jours à perdre dans les marchés, s'autorisant de ce qu'on doit aller voir comment se font les affaires à la ville et se rendre compte du cours des denrées. Pas un paysan à quatre lieues à la ronde qui ne veuille aller voir les curiosités de Maubourguet : aussi la femme-chien, les puces savantes et la tentation de saint Antoine étaient assiégées.

Monsieur Bourgeons, trouvant que sa foule à lui ne se pressait pas assez de prendre ses places, recommença son boniment.

— Entrez, Mesdames et Messieurs. Seule représentation de la journée ! Merveilleux spectacle ! Mme Méni, l'intrépide écuyère ! Les frères Eugène ! Le jeune Gaétan ! La barre fixe et le triple saut périlleux ! Pressez-vous, prenez vos places : la jeune Hélène, qui déjà, à sept ans...

Il s'arrêta, voyant que la baraque voisine, la fascinante Tentation de saint Antoine, lui enlevait pas mal de monde, et, se retournant vivement vers une petite femme brune et pâle qui paraissait grelotter dans son costume de danseuse :

— Vite, un cheval, dit-il brusquement, et un pas de deux ; cette grosse mère, là-bas, attire tout le monde avec son infernal tapage et sa blague endiablée.

La musique avait repris de plus belle en voyant une interruption dans la harangue de son chef et continua ses airs les plus criards jusqu'à l'arrivée du cheval demandé, un gros breton qui semblait dormir sous sa large selle blanche.

— Mlle Rose va vous donner une idée de ses gracieux exercices (hurla M. Bourgeons en se faisant de ses deux mains un cornet pour dominer la musique); elle et M. Léandre vont avoir l'honneur de danser devant vous.

Et prenant la petite femme pâle par le pied, il l'enleva légèrement jusqu'à la hauteur de la selle : en même temps un clown, habillé en Chinois, avait grimpé de l'autre côté en s'aidant de la queue du cheval, aux grands éclats de rire des spectateurs, et ils commencèrent à eux deux une danse fantastique.

Quand, à un moment donné, le Chinois prit sa compagne par la taille et la tint en l'air à bras tendus, la foule éclata en applaudissements. La grosse femme de la Tentation de saint Antoine pouvait se démener maintenant, la victoire était au cirque; les gradins furent de nouveau envahis et M. Bourgeons se frotta les mains d'un air satisfait; évidemment la recette du jour serait bonne.

La petite danseuse pâle, reprenant haleine,

1.

debout sur son cheval, un poing sur la hanche,
le sourire aux lèvres, regardait autour d'elle
d'un air encourageant ; mais sa poitrine étroite
se soulevait avec des soubresauts inquiétants,
et une petite toux sèche la secoua tout entière pendant quelques minutes.

— Dis donc, Marianne, c'est celle-là qu'on
appelle Rose, dit un jeune paysan à la mine
futée, s'adressant à une toute jeune fillette qui
se tenait près de lui et se haussait sur ses
sabots pour mieux voir ; elle a une triste mine,
leur Rose ; ce serait toi qui serais bien là-
dessus ; veux-tu que je t'y mette ?

Il fit mine de vouloir la soulever.

— Que tu es bête, Bernard ! dit la petite
paysanne en se reculant tout en riant. Voilà
Mme de Molney qui passe ; tu sais qu'elle
n'aime pas les plaisanteries ; si elle nous a
vus, je serai grondée ce soir.

Bernard regarda vivement en tournant son
béret dans ses mains avec un geste embar-
rassé.

Une grande jeune femme blonde, mise très
simplement, mais dont l'air et la tournure
étaient remarquablement distingués, s'avançait
en effet ; la foule s'écartait avec respect devant
elle, et les fronts s'étaient découverts ; elle
devait être une sorte de puissance dans le

pays : elle salua gracieusement les visages connus qui l'entouraient et, se retournant vers un enfant de treize à quatorze ans :

— Tu es décidé pour le cirque, Roger; je ne sais pas si ce sera très amusant.

— Oh! oui, maman! le cirque, je vous en prie ; vous savez que je préfère cela à tout le reste.

— Eh bien! entrons, dit-elle en souriant.

Et se penchant vers la petite paysanne qu'elle n'avait pas eu l'air de remarquer en arrivant :

— Marianne, ta mère te cherche; tu feras bien de la rejoindre; elle est au marché aux œufs, ton frère aurait dû te le dire.

Marianne, dont la figure rougissante était à demi cachée par l'épaule de Bernard, rougit encore un peu plus et se hâta d'obéir, tandis que son frère, absorbé sans doute par les exercices de Mlle Rose, avait jugé prudent de ne pas se retourner.

Mme de Molney le regarda avec un sourire malicieux et, s'étant assurée que Marianne avait disparu dans la direction indiquée, elle rejoignit son fils, qui l'attendait avec impatience près du contrôle.

Deux places réservées : cela était une vraie surprise pour M. Bourgeons, un jour de foire ;

aussi donna-t-il les billets avec un geste plein de dignité et de grâce, en assurant que la représentation serait à la hauteur de la confiance qu'on lui montrait.

Roger avait un air épanoui.

— Vous voyez, maman, ce sera très-beau.

— Je n'en doute pas, mon fils, ce sera toujours très beau pour moi, puisque cela t'amuse.

Et elle passa sa main caressante dans les cheveux blonds du petit garçon ; l'amour maternel devait avoir une large place dans la vie de cette femme.

La représentation allait commencer, comme l'avait annoncé M. Bourgeons ; la salle était pleine ; aussi le gros cheval breton, Mlle Rose et le Chinois avaient-ils repris le chemin de l'écurie au grand désappointement de ceux qui, devant la porte du cirque, qu'ils ne voulaient pas franchir pour garder leur quatre sous, goûtaient fort le spectacle gratis dont ils jouissaient depuis près d'une demi-heure.

Un premier coup de cloche arrêta les conversations bruyantes qui se faisaient entendre sur tous les bancs ; à un second, la musique commença une marche entraînante ; Zéphir, le cheval sauteur, monté par Mme Méni, venait d'entrer.

Ils commencèrent quelques changements de mains savants et paraissaient très bien s'entendre.

Mme Méri, grosse femme portant une robe de drap bleu et une veste rouge, distribuait des sourires à tout hasard et s'efforçait de faire cabrer Zéphir, qui ne s'en souciait guère et se contentait de petits sauts sur place du plus drôle d'effet. On lui mit des barres de bois blanc qu'il daigna franchir en se soulevant à peine ; enfin, il repartit avec son fardeau, accompagné de quelques rares applaudissements de la foule, assez peu électrisée par ce début.

— Mais ce n'est pas Zéphyr, le fameux sauteur que cet homme annonçait, n'est-ce pas, maman? demanda Roger d'un air inquiet et à demi-voix.

— Je pense que si, il ne nous a pas sans doute trouvés dignes de lui, répondit Mme de Molney, souriant de l'émotion de son fils; espérons que le reste va mieux aller.

On apportait en effet une grosse boule de caoutchouc, et un jeune clown s'élança dessus avec légèreté: c'était, disait le programme, M. Bernamy, l'équilibriste du Nouveau-Monde. Il jongla avec des boules, des anneaux d'or, des poignards catalans, et finit par lancer en l'air une longue plume de paon et, la recevant sur son nez, il parcourut ainsi le cirque en roulant sur sa boule ; personne n'avait compris ce que cela avait de difficile, et pas un bravo ne se fit entendre.

M. Bernamy fit une grimace qui voulait être un sourire et disparut ; mais le vieux Bourgeonc l'attendait dans les coulisses et lui annonça que s'il n'inventait pas sans tarder quelque exercice plus brillant, il aurait à quitter le cirque.

Il devenait nécessaire de réchauffer le public, qui restait froid et se reprenait à parler bruyamment.

Le jeune Gaétan Moreno bondit sur le sable ; il commença une série de sauts périlleux dans tous les sens et, marchant sur ses mains, il s'élança à reculons sur un cheval garni d'un simple surfait à gros anneaux de fer qu'on avait amené dans l'enceinte ; aussitôt les applaudissement éclatèrent avec enthousiasme : on allait avoir de la voltige, spectacle toujours attrayant pour les paysans des plaines de Tarbes, habitués à leurs chevaux vifs et légers et qui apprécient plus que personne l'agilité et l'adresse.

Gaétan, sautant tour à tour de son cheval sur la piste, disparaissait en arrière, pendu par un pied, la tête touchant terre; il semblait prêt à se la briser, et, par un violent effort, se retrouvait subitement sur son cheval. L'animal au galop s'animait dans sa course et soufflait bruyamment; plusieurs fois le jeune homme, épuisé, avait essayé de s'arrêter pour reprendre haleine, mais un signe de l'impitoyable Bourgeons le faisait bondir encore, tandis que des tonnerres d'applaudissements ébranlaient le cirque à chaque saut nouveau.

— Je crois que c'est le moment de faire venir Hélène, murmura le vieux Bourgeons à l'oreille de Mlle Rose, qui, appuyée sur une des barres près de l'entrée, toujours grelottante, attendait son tour; va la prévenir qu'elle paraîtra avant toi; le public est monté, il faut en profiter : dépêche-toi; cet imbécile de Gaétan paraît hors d'haleine, ce garçon n'a pas pour deux sous de cœur !

Rose haussa imperceptiblement les épaules et rentra dans l'écurie, tandis que Gaétan continuait de plus belle ses exercices; à un double saut périlleux les bravos éclatèrent avec tant de violence que Gaétan bondit à terre sous prétexte de remercier le public, sourit, salua et disparut vivement; son cheval en le suivant faillit renverser M. Bourgeons, qui ne s'attendait pas à ce départ précipité;

mais Gaétan ne regardait rien : sans respira-
tion, assis sur une caisse, il épongeait avec
un vieux chiffon la sueur qui ruisselait sur sa
figure.

— Chien de métier ! murmura-t-il, ce vieil
ogre m'aurait laissé là jusqu'à demain parce
que deux douzaines d'idiots criaient : *bis*, je
voudrais bien les y voir !

Celui qui venait d'être traité si irrespec-
tueusement de vieil ogre s'avançait cependant vers le milieu du cirque, la bouche en
cœur.

— Mesdames et Messieurs, commença-t-il
de sa voix la plus digne, nous allons avoir
l'honneur de vous présenter Hélène Bourgeons,
fille du directeur, qui, par son incomparable
souplesse, a été surnommée la gazelle des
Pyrénées : cette jeune enfant s'oublie en l'air,
et son cheval, par un instinct spécial à cet
animal, consent à l'attendre. Elle aura ensuite
l'avantage de passer au milieu de vous et de
vous offrir des bouquets de violettes ; veuillez
lui faire bon accueil, cela est son petit bénéfice.

Il se retourna pour faire signe à la musique
de reprendre.

Une adorable petite fille s'avançait d'un air
posé et rêveur : elle paraissait avoir de onze à

douze ans et ses membres grêles étaient couverts du maillot de rigueur ; une jupe de satin
bleu de ciel à grelots d'argent recouvrait à
peine les rangs de tulle qui s'échafaudaient
autour de sa taille ; dans ses cheveux, d'admi-
rables cheveux blonds, était posée une couronne de bleuets dont les tiges flexibles se
penchaient sur son front au milieu de petites
boucles folles ; sans doute ces petites boucles
ne s'entendaient pas avec les bleuets, car elles
étaient en pleine révolte sur sa tête, ce qui
donnait à sa physionomie un caractère si
étrange que Mme de Molney ne put se défendre d'une sorte de sympathique attraction
vers cette intéressante enfant.

Hélène s'avançait toujours les yeux baissés,
mais en arrivant au milieu du cirque, elle les
leva, regarda autour d'elle et sourit tristement ;
la jeune femme put remarquer alors deux
grands yeux profonds d'un bleu introuvable
qui semblaient noirs, tellement ils étaient
sombres, mais d'une douceur si pénétrante,
que la jeune mère en fut toute remuée.

— Pauvre petite, dit-elle à demi-voix,
comme elle a l'air malheureux !

— Est-ce vrai, maman, qu'elle va s'élancer
du haut du cirque, sur un cheval ? demanda
Roger sérieusement effrayé.

Mme de Molney se mit à rire.

— Pas aujourd'hui, sois tranquille ; d'ailleurs, il est peu probable qu'elle ait jamais essayé un exercice pareil ; voilà son cheval, il n'a pas l'air féroce, comme tu vois, il n'y a donc point d'accident à craindre pour cette charmante enfant.

Le gros breton arrivait en effet fort tranquillement de l'air ennuyé et placide qui lui était habituel ; M. Bourgeons prit le pied de sa fille, et l'enlevant en l'air comme une plume, la tint un instant toute droite sur sa main avant de la laisser retomber sur la selle ; la petite savait qu'elle devait monter ainsi ; chacune des écuyères avait sa manière et le directeur ne permettait aucun changement ; elle arrangea ses jupes et partit au galop.

Rien, en effet, ne pouvait donner l'idée de la souplesse et de la légèreté de cette gracieuse enfant ; elle s'élançait sur un pied d'un bout à l'autre de sa longue selle blanche, se retenant comme par miracle, penchée en avant, et d'un bond rapide se retrouvait d'aplomb ; ou bien, après une danse légère, elle tombait à genoux, se reposait une seconde pour recommencer encore, sans une apparence de fatigue ; cependant ses joues se teintaient d'un rose vif, et après un long quart d'heure de bonds dans tous les sens, Mme de Molney la vit sauter à terre avec un véritable sentiment de délivrance, car malgré elle, elle avait tremblé pour cette adorable petite fille, bien que nulle hésitation de sa part n'eût en rien justifié pareille émotion; la jeune femme était heureuse et soulagée de la voir cesser, au moins pour ce jour, ses périlleux exercices.

Roger paraissait dans l'enthousiasme.

— Qu'ils sont heureux de monter à cheval comme cela! dit-il enfin. Que j'aimerais à prendre des leçons de voltige! Le permettriez-vous, maman?

— Ce sera peut-être difficile, cher enfant; je ne crois pas qu'on donne des leçons dans les cirques pendant le temps des foires; je pourrai m'en informer si tu en as un si vif désir, je n'y vois pas d'inconvénients.

— Je serais si content! Vous savez que papa veut que je n'aie peur de rien, voilà une bonne occasion pour m'aguerrir, n'est-ce pas?

Mme de Molney sourit : Roger exploitait souvent cette recommandation de son père.

— Nous verrons, dit-elle, et si cela est possible, je te le promets.

Hélène avait reparu, un panier de violettes à la main, et tandis que des clowns se chargeaient d'égayer le public, elle commença à faire le tour des bancs avec cet air sérieux et mélancolique qui ne la quittait pas. Arrivée près de la jeune femme, elle s'arrêta, comme prise d'une émotion subite : les yeux clairs de Mme de Molney étaient fixés sur les siens avec une insistance qui la troublait depuis son entrée dans le cirque.

— Voulez-vous un bouquet, Madame? dit-elle d'une voix douce, sans oser la regarder.

— Bien certainement, ma petite.

Et attirant l'enfant vers elle, elle prit le petit bouquet qu'elle lui tendait et lui glissa une pièce d'or dans la main. Hélène regarda le louis avec étonnement.

— Je n'ai pas de quoi vous rendre, Madame, vous me paierez plus tard.

Et elle lui tendit l'argent.

— Mais je ne veux pas de monnaie, cela est pour vous, pour votre petit bénéfice, continua Mme de Molney en souriant : dites-moi donc, ma chère petite, êtes-vous fatiguée après ces beaux exercices que vous venez de faire ?

— Un peu, Madame, répondit l'enfant en osant enfin lever les yeux sur son interlocutrice, mais j'y suis habituée, reprit-elle de son petit ton triste. Adieu, Madame, merci : voilà aussi un bouquet pour Monsieur.

Et choisissant les plus belles violettes, elle les tendit à Roger.

Elle continua sa tournée, non sans regarder de temps en temps cette belle dame qui lui avait si doucement parlé ; son petit cœur avait battu plus fort en arrivant près d'elle, et, sans s'en douter, un lien mystérieux venait de se former entre elle et cette jeune femme, dont elle était cependant séparée par tout un monde. Enfin, elle se retourna une dernière fois et disparut derrière le rideau qui fermait l'entrée des écuries ; Mme de Molney se sentit le cœur serré.

— Pauvre petite, murmura-t-elle, quelle existence et que de dangers pour elle !

Tambour, le chien savant, présenté par M. Bourgeons en personne, venait de faire son entrée ; mais il eut beau marcher sur ses deux pattes de devant, se coucher, faire le mort et ressusciter ensuite en aboyant avec force, tout cela préoccupa fort peu Mme de Molney ; sa pensée restait attachée à la petite fille qui venait de disparaître.

Un bruit de chaises qu'on remuait autour d'elle et une exclamation joyeuse de Roger la firent seulement se retourner ; un homme âgé donnant la main à un tout petit garçon venait d'entrer dans les places réservées.

— Quelle bonne chance de vous trouver là, chère Madame ! dit gaiement le vieux monsieur : Philippe m'a persécuté pour le mener au cirque et je crois que nous arrivons un peu tard pour voir la petite merveille; il ne me restait donc qu'à beaucoup m'ennuyer, si je n'avais eu l'excellente fortune de vous rencontrer ici.

— Mme de Pergades n'a point voulu venir, à ce que je vois, dit la jeune femme en tendant la main au nouvel arrivant, et vous vous êtes dévoué pour votre petit-fils.

Le vieux monsieur hocha la tête avec un mouvement d'humeur.

— Oh ! ma belle-fille n'est pas comme vous, Madame; elle aime assez à se reposer sur les autres du soin de ses enfants ; elle a prétendu que cette musique infernale lui portait sur les nerfs, et comme j'ai vu les yeux de Philippe se remplir de larmes, j'ai bien vite pris des billets et je suis monté dans cette baraque : que ne vous font pas faire ces diables d'enfants !

Mme de Molney sourit sans répondre ; c'était assez son avis. Elle regarda son fils avec un sentiment d'orgueil maternel très naturel en face de ce beau petit garçon à l'air franc et ouvert; il s'était déjà emparé de Philippe et

lui expliquait tout ce qu'il venait de voir d'un
ton animé et ravi.

— On est si heureux de les voir contents,
reprit-elle, que l'on fait facilement bien des
sacrifices pour eux.

— Oui, cela est parfaitement vrai, mais
l'amour maternel est plus ou moins développé
dans certains cœurs, continua M. de Pergades,
qui achevait ainsi une réflexion faite au de-
dans de lui. Et Alice, qu'en avez-vous fait?

— Elle est restée à Lazères; ma fille est
une personne fort raisonnable qui déteste la
foule et le bruit; puis comme elle se prépare
à sa première communion, je l'ai tranquillement laissée en face de son institutrice, c'est
un tout autre caractère que Roger.

— Vos enfants sont charmants l'un et
l'autre et chacun dans son genre est un type
achevé de gentillesse et de bonne éducation.

— Cependant, c'est une lourde responsa-
bilité d'être seule à élever ses enfants, dit
Mme de Molney en soupirant, et chaque jour
je comprends davantage le vide que fait un
père au foyer domestique; mon mari m'aide
bien de ses conseils, mais de si loin, hélas!
Son séjour au Japon sera de deux années
encore, m'écrivait-il dans sa dernière lettre,
aussi l'éducation de mon fils me préoccupe

plus que je ne saurais le dire, bien que ce
cher enfant réponde à tous mes désirs et tra-
vaille à merveille; son année a même été si
bonne que je voudrais l'en récompenser, et
et comme il vient de me dire qu'il désirerait
vivement prendre des leçons de voltige dans
ce cirque, j'avais pensé à m'informer si la
chose était possible; mais peut-être vous-
même pourriez-vous me le dire : croyez-vous
que je puisse m'adresser ici en toute confiance ?

— J'en suis persuadé, Madame, je connais
depuis longtemps le vieux Bourgeons, qui
est un brave homme, bien qu'à moitié bohé-
mien; il a été fort malheureux avec ses enfants, qu'il a successivement perdus de la
poitrine au moment où ils auraient pu être un
secours pour lui; il ne lui reste que Rose, qui
m'a l'air à moitié morte; la boutique d'ailleurs
semble en grand désarroi, je crois donc qu'il
acceptera d'emblée votre proposition de donner
des leçons à Roger; seulement il faudrait
pour cela choisir le matin, car il noie volontiers ses chagrins domestiques dans la bouteille, et le soir il pourrait bien avoir l'œil un
peu troublé.

— N'a-t-il pas une autre fille, nommée
Hélène ?

— Ah ! c'est vrai, la merveille, celle qu'on appelle sur l'affiche *la Gazelle des Pyrénées ;* celle-là est née de son second mariage avec une Norvégienne remarquablement jolie, qui s'est tuée en tombant d'un trapèze, peu de temps après la naissance de la petite fille ; elle est d'une étrange beauté, m'a-t-on dit, je ne l'ai pas encore vue.

— Elle a surtout des yeux extraordinaires : pauvre petite ! sans mère !... cela est encore le pire des malheurs pour elle.

M. de Pergades secoua la tête.

— La vigilance maternelle ici est légèrement émoussée, ne vous y trompez pas, chère Madame ; les enfants poussent comme ils peuvent et un peu au hasard.

— Je suis convaincue que cela est une erreur, reprit vivement la jeune femme ; vous avez pu remarquer qu'il y a un grand esprit de camaraderie entre tous ces gens-là, à plus forte raison une mère ne doit pas regarder de sang-froid son enfant disloqué sans pitié, elle peut sentir son cœur frémir en le voyant suspendu dans l'espace et doit trouver des caresses toutes particulières lorsqu'il lui est rendu ; laissez-moi donc doublement m'intéresser à cette charmante petite Hélène, puisqu'elle n'a personne pour la consoler dans ses

tristesses et la plaindre quand elle est malheureuse ou battue.

La représentation finissait ; Mlle Rose achevait de passer dans des cerceaux fleuris,
emportée doucement par le fidèle breton, que
rien ne pouvait émouvoir. M. Bourgeons faisait claquer sa chambrière et les clowns exécu-
taient leurs derniers sauts; enfin tout s'arrêta.

Mlle Rose envoya des baisers au public,
salua, et donnant un petit coup de cravache à
son cheval, lui fit reprendre le chemin de
l'écurie.

— Ceci est pour avoir l'honneur de vous
remercier, cria M. Bourgeons en s'appuyant
noblement sur sa chambrière ; Messieurs et
Mesdames, à ce soir !....

— Oh! cela, non, fit M. de Pergades, qui
s'était levé et remettait son pardessus; s'il
croit que nous allons revenir deux fois dans
la même journée, il se trompe, le brave homme;
une fois c'est assez, n'est-ce pas, mon mignon?
dit-il en s'adressant à Philippe, qui, les yeux
agrandis, ne voulait pas croire au départ.

— Ce serait très amusant, ce soir aussi,
bon papa, nous reviendrons si vous voulez;

— Nous verrons cela, nous verrons cela,
murmura le faible grand-père; pour le moment, partons.

— Si j'allais tout de suite parler à M. Bourgeons, je serais sûre de le trouver en bon état, remarqua en riant Mme de Molney ; vous seriez bien aimable de m'accompagner, et, pour discuter le prix des leçons, votre intervention pourrait m'être fort utile.

— Tout à vos ordres, chère Madame ; nous allons laisser la foule s'écouler et nous irons ensuite à la recherche de M. Bourgeons ; dans mon jeune temps, j'avais une grande habitude des couloirs de cirques, je crois que je serai encore capable de vous guider.

Ils attendirent quelques instants, puis se dirigèrent vers un escalier, au bout de la salle, qui conduisait à une pièce obscure dans laquelle les chevaux étaient attachés.

— Nous nous sommes trompés, dit M. de Pergades ; là sont les chevaux au repos, qui ne paraîtront que ce soir ; il faut chercher ailleurs.

Ils remontèrent le petit escalier et en prirent un autre plus raide, qui les conduisit dans une longue écurie où les chevaux qui venaient de paraître étaient étrillés et pansés avec soin.

— Où est M. Bourgeons? demanda M. de Pergades ; je voudrais lui parler.

— Au fond, à droite, près de Zélie, qui est

malade, répondit un palfrenier; appelez, il vous répondra.

Ils avancèrent encore : on ne distinguait les objets qu'avec peine, l'écurie n'étant éclairée que par une lampe de nuit; les enfants se serraient l'un contre l'autre, un peu effrayés par cette demi-obscurité et par ces chevaux, qui, les oreilles dressées, hennissaient et semblaient agacés de cette visite à une heure où, d'ordinaire, on les laissait manger leur avoine en repos.

Tout au fond en effet se trouvait M. Bourgeons; il avait passé à la hâte une vieille veste grise sur son costume de velours et regardait avec intérêt une petite ponette blanche dont l'œil terne et les flancs agités faisaient compassion à voir.

Hélène, assise dans l'ombre, regardait aussi.

— En voilà encore une de flambée, dit-il tout haut d'un ton furieux... Quelle diable de chance nous avons !...

Et, se retournant, il se trouva en face des visiteurs.

— Monsieur Bourgeons, commença Monsieur de Pergadès avec emphase, j'ai entendu vanter votre talent pour l'équitation; j'en ai eu d'ailleurs la preuve dans la représentation variée à laquelle nous venons d'assister; tous vos sujets sont de première force !... Aussi, nous serions très heureux si vous pouviez donner quelques leçons à ce jeune enfant; et il montrait Roger.

Le vieux chef de manège, qui s'était déridé en entendant les éloges que M. de Pergades avait jugé à propos de lui adresser comme entrée en matière, se redressa avec orgueil et assura qu'il serait heureux d'initier à son art ce jeune Monsieur.

— Que désirait-on lui faire apprendre? Franchir les barres, sauter les cerceaux ou bien simplement monter à cheval, comme le commun des mortels, mais avec élégance et sûreté?

— Il monte déjà assez bien, continua M. de Pergades, mais ma belle-sœur (et il se retourna vers la jeune femme en souriant pour expliquer cette parenté nouvelle) désirerait lui faire faire un peu de voltige, ce qui est un excellent exercice pour développer les enfants et nullement dangereux sous la direction d'un maître tel que vous, Monsieur Bourgeons; à quelle heure mon neveu pourrait-il venir?

— La matinée est toujours préférable; nous n'avons alors que la répétition des enfants, qui peut se changer d'heure sans inconvénient.

— C'est ce que je pensais: à dix heures, cela vous va-t-il?

2.

— Fort bien, Monsieur.

— Et quels sont vos prix, Monsieur Bourgeons, car il vaut mieux nous entendre de suite sur ce point, n'est-ce pas ?

— Oh ! monsieur, ceci est de peu d'importance, je suis sûr que nous serons toujours d'accord : huit francs par leçon, cela vous paraît-il convenable ?

— Cela me paraît... un peu cher, allait ajouter M. de Pergades, mais il fut subitement interrompu par Mme de Molney.

— Oui, cela est fort bien, huit francs, c'est convenu ; nous pourrons commencer dès demain, n'est-il pas vrai ?

— Je suis absolument à vos ordres, Madame, dit en s'inclinant jusqu'à terre le vieux directeur ; il venait d'être saisi d'un respect profond pour cette belle dame qui acceptait sans difficulté un prix aussi peu acceptable.

— C'est bien, nous serons ici à dix heures.

Et se retournant vers Hélène, qui, tapie dans son coin, n'en avait pas bougé, elle ajouta :

— Vous viendrez me voir quelquefois, pendant les leçons de mon fils, n'est-ce pas ? Nous causerons ensemble.

La petite leva ses grands yeux tristes et regarda timidement son père.

— Ma fille est une petite sauvage, elle sera

très flattée de l'honneur que vous lui faites en désirant la revoir; viens donc ici, Hélène, dit-il un peu rudement, et remercie Madame.

Hélène se leva, et se rapprochant de Mme de Molney, elle balbutia un remerciement que la jeune femme ne lui laissa pas le temps d'achever.

— C'est convenu ; à demain, alors, dit-elle en lui prenant la main.

— Oui, Madame, à demain, répondit la petite fille de sa voix douce.

Ses yeux brillaient d'un éclat extraordinaire, on aurait cru y voir des larmes.

— Savez-vous, chère Madame, qu'il était inutile de m'emmener pour arranger vos prix ? se hâta de dire en riant M. de Pergades, dès qu'ils furent hors du cirque ; je vous avais fait passer pour ma belle-sœur pour être plus à l'aise et discuter plus facilement les intérêts de mon neveu, mais votre précipitation a dérangé ma savante manœuvre, nous aurions eu ces leçons-là à moitié prix.

— Le pauvre homme m'a semblé si malheureux que je n'aurais voulu pour rien au monde rabattre un centime de ce qu'il demandait. Roger n'aura le temps de prendre que fort peu de leçons sans doute avant le départ du cirque, il n'y a donc que demi-mal dans cette exagération de prix; ce sera d'ailleurs une charité comme une autre.

— Ah! les femmes!... Elles veulent toujours avoir raison, et ce qu'il y a de mortifiant pour nous, c'est qu'elles ont toujours raison, murmura M. de Pergades en prenant congé de sa jeune compagne.

Celle-ci s'éloigna avec son fils, tandis que Philippe s'apprêtait à commencer près de son grand-père un éloquent plaidoyer en faveur de la représentation du soir.

II

Le cirque Bourgeons.

Le château de Lazères était situé à deux
lieues de Maubourguet. Bâti sur les hauteurs
de Vidouze, il avait cet aspect mi-sauvage et
mi-civilisé qui est un des charmes de cette
partie du Vic-Bilh. Rien dans cette grande
demeure n'était sacrifié au luxe, mais on y
vivait de la vie confortable et tranquille des
châtelains d'autrefois. Mme de Molney, qui en
avait hérité à la mort de son père, le marquis
de Vigiers, avait dans toute la contrée une
position exceptionnelle et telle qu'on la com-
prend chez ces bons et simples villageois que
n'a point encore atteints le souffle empoi-
sonné des villes.

Connue à cinq lieues à la ronde par son inépuisable charité, elle étendait sa bien-faisante et saine influence sur tous les villages environnants; aussi ce qu'elle disait avait force de loi et pas un paysan n'eût osé résister à des ordres qu'elle savait donner de son ton calme et doux.

Mariée très jeune à un lieutenant de vaisseau et ayant perdu successivement son père et sa mère dans l'espace de quelques mois, elle s'était trouvée à la tête d'une grande fortune et obligée, en l'absence de son mari, de s'occuper seule de la gérance de ses biens et de l'éducation de ses enfants.

Souvent le soir, après une longue journée de comptes ou d'active surveillance, elle s'était pris la tête à deux mains et quelques larmes avaient coulé de ses yeux : la vie lui semblait triste dans ce complet isolement, sous le poids de tant de responsabilités et avec si peu de consolations; loin de celui qui devait être son appui, elle était en quelque sorte mariée sans l'être.

Perdue au milieu de ses terres, certaines heures de sa vie étaient difficiles à passer, mais elle était forte de cœur et d'âme, et après quelques instants d'involontaire abattement, elle se relevait courageuse et prête à reprendre son existence de devoir et d'utile labeur. Dieu le voulait ainsi, il n'y avait qu'à s'incliner, c'était tout pour elle.

M. de Molney, bientôt devenu capitaine de frégate, avait pour sa femme et ses enfants une tendresse véritable, mais il était marin dans l'âme, et lui faire abandonner sa carrière eût été un sacrifice au-dessus de ses forces et un regret pour toute sa vie; aussi la jeune femme lui cachait-elle soigneusement toute marque de faiblesse et de découragement; lorsqu'il venait passer quelques mois de congé au vieux manoir, il repartait, satisfait de ses enfants, qu'il trouvait charmants et bien élevés, et de sa femme, qui lui paraissait si raisonnable; aussi ne pensait-il jamais, avec l'égoïsme qui est le prope de certaines natures, que sous cette raison si calme il y avait peut-être bien des amertumes et bien des larmes.

La Providence d'ailleurs, qui se plaît à aider les cœurs forts, avait donné de grandes compensations à Mme de Molney dans ses deux enfants.

Roger, l'aîné, doué d'une nature aimante et expansive, avait compris de bonne heure tout ce qu'il y avait de dévouement dans la conduite de sa mère et il s'était efforcé par son application et son travail de la dédommager

des sacrifices qu'elle devait faire en se consa-
crant tout entière au soin de ses enfants.

Alice, de deux ans plus jeune que son
frère, mais d'un caractère plus froid, semblait l'entourer de moins d'affection ; cependant les grands yeux pleins de douceur de la
fillette avaient une expression de tendresse
toute particulière lorsqu'ils se levaient vers
Mᵐᵉ de Molney, et le cœur de la jeune mère
ne s'y trompait pas ; elle devinait que sa fille
aurait en elle une confiance absolue, bien que
moins en dehors que celle de Roger, et prudemment elle s'attacha à développer chez ses
enfants les qualités qu'ils avaient en germe
sans jamais leur rien laisser apercevoir de ce
travail si délicat et si intime.

Les leçons de voltige étaient en pleine vi-
gueur. Roger faisait des progrès réels, et
M. Bourgeons, dans un moment d'enthousiasme, avait déclaré que ce jeune garçon
donnait les plus hautes espérances.

Mᵐᵉ de Molney avait revu Hélène, mais soit
timidité chez l'enfant, soit tout autre sentiment, elle ne faisait pas, malgré ses efforts, de
grands progrès dans son intimité. Les trois
premiers jours, elle l'avait vainement ques-
tionnée sur ses goûts, sur sa vie, sur ses
triomphes mêmes, qui devaient flatter son

jeune amour-propre; la petite fille répondait
à peine, puis faisait une révérence et quittait
la jeune femme pour se réfugier pendant tout
le temps de la leçon dans le couloir sombre,
où Mme de Molney pouvait voir briller ses
yeux fixés sur elle.

Un jeudi, jour de congé complet pour les
deux enfants, elle se décida à mener Alice
assister à la leçon de son frère; le départ de
l'institutrice de l'enfant lui faisait désirer de
la prendre avec elle; il lui avait paru éton-
nant que jamais sa fille n'eût manifesté le
désir d'aller au cirque. Il est vrai qu'Alice,
ayant instinctivement l'horreur de tout ce qui
était laid ou sale, avait sous les récits enthousiastes de Roger su découvrir beaucoup
de misère et de désordre, et cela lui enlevait
toute envie de pénétrer dans l'intérieur de
cette baraque branlante, dont le vent faisait voltiger les toiles mal tendues en passant librement entre les planches disjointes.
Mme de Molney devina le sentiment intime
de sa fille, et, sans lui rien en dire, elle l'aver-
tit qu'elle viendrait ce jour-là voir l'agilité de
Roger et ses essais sur Zéphyr, le fameux
sauteur.

— Il n'y a aucun danger, avait assuré
M. Bourgeons; Zéphyr est très calme en temps

3

ordinaire, mais saute fort bien; il donnera de bonnes habitudes à votre fils; il ne déploie sa force et son incomparable légèreté que pendant les représentations.

En effet, Zéphyr, peu digne pour le moment de son nom, sautait doucement au-dessus des barres, qu'on avait fixées fort bas sur la piste.

Mme de Molney, voyant qu'il n'y avait rien à craindre, se retourna vers sa fille, qui époussetait avec soin tous les grains de poussière qui tombaient sur sa robe.

— Va demander à cette enfant qui est là-bas de venir me parler, dit-elle à Alice.

Elle avait aperçu Hélène, qui, après avoir fait un pas vers elle, s'était blottie de nouveau dans son coin noir, comme ennuyée de ne plus voir la jeune femme seule.

Alice se leva, marchant avec précaution pour ne pas frôler les bancs couverts de sable, et s'approcha de la petite danseuse.

— Voulez-vous venir? lui dit-elle; maman vous demande.

— Pour quoi faire? demanda Hélène, qui osait résister à une enfant de son âge.

— Elle veut vous parler, venez; on ne désobéit jamais à maman. Et elle voulut lui prendre la main, mais la petite sauvage la

retira vivement et la cacha sous son tablier
noir.

— J'y vais, dit-elle en se levant.

Alice n'insista pas pour saisir la petite main
révoltée et revint vers sa mère, suivie d'Hélène,
qui paraissait mécontente.

— Pourquoi ne veniez-vous pas me dire
bonjour, Hélène? dit Mme de Molney avec
douceur, en l'attirant vers elle.

L'enfant, levant à peine les yeux, ne répondit pas.

— Je suis toute triste quand vous ne venez
pas, continua la jeune femme en cherchant à
lire dans la physionomie de la petite ce qui
pouvait ainsi l'assombrir ; asseyez-vous près
de moi, je veux causer avec vous.

Et faisant une place entre elle et Alice, elle
attira de nouveau Hélène, qui cette fois se laissa
faire.

Zéphyr continuait ses exercices avec le
même calme ; M. Bourgeons et Roger étaient
absorbés par la leçon.

— Quel âge avez-vous ? demanda Mme de
Molney en se penchant pour chercher les
yeux d'Hélène, qui les tenait résolument
baissés.

— Onze ans et demi, Madame.

— Ah ! l'âge de ma fille ; avez-vous déjà

fait votre première communion, pensez-vous la faire bientôt ?

— Papa voulait que je la fisse à Limoux, mais nous n'y avons passé que trois semaines, et les Sœurs n'ont pas trouvé qu'elles avaient assez de temps pour me préparer ; il a fallu y renoncer.

— Quand la ferez-vous alors ?

— Je ne sais pas, Madame,

Tout cela avait été dit un peu tristement, mais toujours avec froideur.

Mme de Molney soupira : cette enfant devait avoir le cœur meurtri ou fermé. Une idée étrange lui traversa l'esprit, et, après un instant de réflexion, elle reprit vivement :

— Voulez-vous la faire avec ma fille? Je pourrais peut-être obtenir de votre père qu'il vous laisse chez moi quelque temps, vous vous y prépareriez avec Alice.

La petite fille se redressa à moitié comme secouée par une violente émotion.

— Oh ! ne me parlez pas de cela, Madame; c'est impossible, impossible, murmura-t-elle en levant ses grands yeux veloutés où brillaient deux grosses larmes.

— Pourquoi impossible? Est-ce que vous ne voulez pas venir chez moi ?

— Si je ne veux pas venir chez vous, Madame ? Oh oui ! je le voudrais bien, car je ne puis m'habituer à la pensée de ne plus vous voir ! mais papa n'y consentira jamais !

Cette réponse était faite avec un tel élan et tant de cœur que Mme de Molney, tout à fait attendrie, se pencha vers la petite et l'embrassa tendrement.

— Nous verrons cela, dit-elle, sans avoir l'air de remarquer les larmes qui coulaient librement sur les joues d'Hélène ; promettez-moi d'être bien courageuse si nous ne réussissons pas, et maintenant allez, la leçon va finir, j'aurai peut-être l'occasion de parler à votre père dès ce matin.

La leçon finissait en effet et Mme de Molney descendit sur la piste pour donner un morceau de sucre à Zéphyr et causer avec M. Bourgeons, chose à laquelle le vieux directeur était toujours fort sensible.

— Combien de temps restez-vous encore à Maubourguet ? demanda la jeune femme. Je suis enchantée des progrès que fait mon fils et je désire lui continuer ses leçons jusqu'au dernier jour.

— Ce garçon donne en effet de splendides espérances ; il est fâcheux que nous partions, nous aurions fait quelque chose de lui ; mais il faut plier bagage mardi, il vient peu de

monde maintenant et les foires de Bordeaux
vont commencer.

— Ah! je regrette vraiment que vous par-
tiez si tôt; vos chevaux sont excellents et si
sûrs qu'on peut sans crainte leur confier des
enfants; ce joli Zéphir! comme il est doux!
J'avais presque envie de faire donner des leçons d'équitation à ma fille, ce sera alors pour
une autre année.

— C'est Mademoiselle votre fille? Quel âge
a t-elle donc?

Et le bonhomme tourna autour de la fillette, comme s'il avait voulu la mesurer de
l'œil.

— Je suis sûr qu'elle pèse le double d'Hélène?

— Oui, je le crois, répondit Mme de Molney,
qui souriait en voyant M. Bourgeons entrer
sans le savoir dans son plan; les enfants
élevés à la campagne se développent et se
fortifient d'une façon étonnante; je suis per-
suadée que si Hélène passait trois mois
chez moi, vous ne la reconnaîtriez plus ensuite.

— Ça, c'est possible, dit M. Bourgeons, ne
se doutant nullement de l'habile tactique de la
jeune femme.

— Elle tousse un peu, votre petite fille; il

me semble que vous devriez la laisser se reposer quelque temps.

— Ne m'en parlez pas, j'ai une terrible
malechance avec mes enfants : ils partent tous
de la poitrine après que je les ai élevés et au
moment où ils seraient mon gagne-pain ;
cinq déjà, c'est cruel ! Rose ne se porte pas
trop bien et j'ai toujours des craintes pour la
petite, bien qu'elle mange et dorme parfaitement ; mais on a le cœur comme ça, on ne
peut pas se refaire.

Et le brave homme essuya ses yeux du re-
vers de sa manche avec une émotion véritable.
Mᵐᵉ de Molney se hâta d'en profiter.

— Vous devriez me confier Hélène pendant
ces mois d'hiver où le travail est moins fort
pour vous ; elle ferait sa première communion avec ma fille, ce serait ainsi une chose
terminée et dont vous n'auriez plus à vous
occuper ; d'ailleurs, je crois qu'un séjour à la
campagne, des courses en plein air et un peu
de repos feraient à votre petite fille un bien
dont elle se ressentirait toute sa vie ; réfléchissez à cela, nous en reparlerons, ajouta
vivement Mᵐᵉ de Molney.

Et sans laisser à M. Bourgeons, un peu
abasourdi, le temps de lui répondre, elle quitta
le cirque.

Roger avait bondi de joie en entendant la proposition de sa mère, il aimait ce cirque et tout ce qui y tenait avec cette exaltation heureuse des enfants de son âge : aussi la pensée d'avoir Hélène, la petite merveille, comme compagne de jeu, le rendait un peu fou. Quant à Alice, elle n'avait rien dit; soigneusement, avec son mouchoir, elle avait épousseté les épaules de son frère, qui étaient couvertes de poussière, lui avait passé la main dans les cheveux avec un soin tout maternel, avant de le laisser traverser les vieilles rues silencieuses de Maubourguet, mais n'avait pas ajouté un mot aux discours extravagants de Roger, qui arrêtait déjà ses plans : on ferait de grandes promenades, on apprendrait à Hélène à jouer à cache-cache, on lui ferait voir les vaches et la Carlette, la nouvelle génisse !

— Je lui donnerai ma pie, avait-il dit enfin, je suis sûr qu'ils en feront une pie savante ; ils sont si forts pour dresser les animaux.

Mme de Molney, de temps en temps, avait regardé Alice et elle se demanda enfin si la raison un peu précoce de sa fille n'avait pas refroidi son cœur.

En arrivant à Lazères, elle la suivit dans sa chambre.

— Comment as-tu trouvé le cirque ? demanda-t-elle lorsqu'elle vit que la petite fille, après avoir ôté son chapeau, reprenait tranquillement un tricot qu'elle allait bientôt finir.

— Un peu sale, maman, tout cela a l'air bien misérable.

— Oui, c'est vrai, c'est même très misérable ; je les crois très pauvres, ces gens-là.

— Roger est si drôle avec ses récits enthousiastes sur ce cirque, reprit Alice d'un ton un peu moqueur : il disait que M. Bourgeons avait l'air digne en donnant ses leçons : le trouvez-vous digne, maman ? Moi je trouve qu'il a l'air un peu... un peu ivrogne.

— Oui, répondit Mme de Molney très sérieusement, je crois en effet qu'il boit : il tâche d'oublier ainsi ses chagrins ; il a beaucoup souffert, ce pauvre homme ; tu as vu comme il était ému au souvenir de ses malheurs : ces gens-là ont un cœur tout comme nous, ma chérie !

Alice ne parlant pas, sa mère continua après une courte pause :

— J'espère obtenir qu'il me donne Hélène ; je m'intéresse beaucoup à cette pauvre petite sans mère ; nous pourrons lui faire du bien et peut-être plus tard pourrons-nous aussi lui être utiles ; mais pour cela, il faudrait que tu m'aides, ma fille, que tu t'efforces de vaincre cette antipathie que tu éprouves pour tout ce qui n'est pas noble et beau ; il faudrait que tu tâches de gagner l'amitié de cette enfant pour la mener tout doucement au bien et à Dieu. Tu vois qu'il y a du noble et du beau dans cette tâche : me promets-tu au moins d'essayer, Alice ?

La petite fille releva ses beaux yeux tranquilles.

— Certainement, maman, je ferai tout ce que vous voudrez ; je ne savais pas qu'Hélène n'avait plus sa mère, elle doit être bien malheureuse alors !

Mme de Molney l'embrassa avec tendresse : le cœur d'Alice était vraiment chaud et vibrant, il fallait seulement savoir le toucher.

Trois jours plus tard, Hélène Bourgeons arrivait à Lazères, un peu émotionnée et encore toute ahurie des adieux bruyants de son père et de ses compagnons, car même la grosse Mme Meni avait trouvé au moment du départ des accents tendres et chaleureux ; Gaétan lui avait donné une toupie, et Mlle Rose, dans une heure d'expansion, avait habillé une poupée abandonnée, sans costume, dans son vieux coffre et qui depuis longtemps était l'objet des désirs d'Hélène.

Mme de Molney avait, avec son adresse habituelle, emporté le consentement du vieux directeur.

Dès le lendemain, elle était revenue à la charge avec les mille raisons en faveur de son projet : Hélène se fortifierait à la campagne ; pendant ces quelques mois on pouvait facilement se passer d'elle, tandis que plus tard, lorsque le travail serait plus important, peut-être tomberait-elle malade et deviendrait un embarras pour la troupe, au lieu d'être un secours ; au mois de mars, on pourrait la reprendre ; ce n'était donc qu'une absence momentanée, tout à l'avantage de l'enfant.

Avant d'insister ainsi, la jeune femme avait longuement prié et réfléchi : était-ce bien prudent à elle d'admettre dans l'intimité de sa fille cette bohémienne ? Que ferait-elle si elle s'apercevait qu'elle s'était trompée et qu'Hélène n'était pas digne de l'intérêt qu'elle voulait lui témoigner ? Mais non, il était impossible que ces yeux si profonds et si suaves eussent déjà appris à mentir : tout était spontané et charmant chez cette petite infortunée ; cette sorte de timidité craintive qui la faisait se replier en elle-même, ces larmes touchantes lorsqu'il s'était agi d'aller vivre quelques mois à Lazères, tout parlait en sa faveur, et la jeune

mère ne put se résoudre à abandonner ce
cœur aimant.

M. Bourgeons, reconnaissant et très flatté
au fond de l'offre qu'on lui faisait pour sa
fille, ne se fit prier que pour la forme et
finit par accepter ; de ce ton solennel qui ne le
quittait pas, il fit venir Hélène et lui annonça
qu'ils allaient se séparer.

— J'espère, lui dit-il avec emphase, qu'au
milieu de l'honorable famille qui veut bien
t'adopter pendant quelque temps, tu te sou-
viendras des leçons de ton père et que tu te
montreras digne de lui.

Mme de Molney avait souri imperceptiblement pendant ce discours, mais la petite fille,
qui n'y avait rien compris, leva sur elle un
regard si tendre, que le cœur de la jeune
femme en tressaillit : son œuvre serait récompensée ; Hélène lui arrivait avec une joie et
une confiance dont on ne pouvait pas douter.

Alice, ainsi qu'elle l'avait promis à sa mère,
l'accueillit avec amitié, elle se laissa même
entraîner par Roger vers l'étable et la basse-
cour pour ne pas quitter sa nouvelle compagne ; mais dès qu'elle put s'emparer à elle
seule d'Hélène, elle la conduisit dans sa chambre pour l'apprivoiser tout à son aise et tâcher
d'entreprendre le rôle qu'on lui avait confié.

Hélène ne s'y prêtait qu'à demi en commençant, elle la regardait de ses grands yeux un peu sauvages et ne touchait qu'avec une sorte de crainte aux jouets et aux livres que la fillette amoncelait devant elle. La poupée de Mlle Rose avait été installée sur un fauteuil, et par un sentiment délicat et charmant, Alice avait immédiatement éloigné les siennes ; la pauvre poupée du cirque avec sa robe de tulle fané et ses paillettes blanchies aurait trop souffert de la comparaison.

Après la prière en commun, qui se faisait chaque soir à Lazères, Mme de Molney fit conduire Hélène dans la chambre qu'on lui avait préparée.

— J'irai vous embrasser quand vous serez couchée, lui dit-elle de sa douce voix, je fais toujours cela pour mes enfants.

Aussi, la petite bohémienne, tapie dans ce lit bien blanc qu'elle avait regardé avec admiraration en entrant dans cette chambre simple et commode qui ressemblait si peu à la mansarde qu'elle partageait d'habitude avec Mlle Rose, attendait-elle avec impatience sa protectrice : elle avait un secret sur le cœur et voulait le lui confier.

— Je voudrais vous dire quelque chose, Madame, mais je n'ose pas, balbutia-t-elle, dès

que Mme de Molney, qui avait posé son bou-
geoir sur la table, se fût approchée du petit
lit.

— Qu'est-ce donc, Hélène ? Est-ce que vous
vous ennuyez déjà avec nous ? Voudriez-vous
partir ? demanda la jeune femme en souriant
et en se penchant vers elle.

— Oh ! ce n'est pas cela, Madame, je suis
bien heureuse auprès de vous, mais j'ai quelque chose qui m'étouffe depuis l'autre jour,
le jour, vous savez, où je ne voulais pas venir
vous voir et où vous avez été si bonne pour
moi : vous n'avez pas deviné pourquoi je ne
voulais pas venir ce jour-là ?

— Je le sais peut-être, reprit Mme de Molney qui avait passé tendrement son bras sous
la tête de l'enfant, mais dites-le-moi, cela vau-
dra mieux.

— J'ai peur que vous vous fâchiez, dit Hélène en se soulevant et en regardant sa bienfaitrice avec des yeux sérieusement effrayés,
mais cela, je dois le dire quand même, reprit-
elle résolument, je ne puis avoir de secret
pour vous : eh bien ! j'étais jalouse de votre
fille, jalouse de la voir près de vous et de penser que vous l'aimiez bien plus que moi ; puis,
elle avait l'air si fière, elle époussetait toujours
sa robe comme si notre poussière l'avait par-

ticulièrement dégoûtée : je la détestais, votre fille !... mais maintenant c'est passé et je suis bien fâchée d'avoir eu ces vilaines pensées, elle est si bonne avec moi ; je l'aime beaucoup, conclut-elle d'un petit air attendri en se recouchant.

Mme de Molney la serra tendrement sur son cœur : il y avait vraiment des trésors de tendresse dans cette petite âme délaissée et incomprise.

III

Au château de Lazères.

Le temps passait rapidement ; on était déjà au mois de mars, et la première communion des enfants du village ayant été fixée au 15, Mme de Molney préparait avec soin les deux petites filles qui devaient se joindre à eux pour cette grande action. Sachant combien une première communion dans un village a un caractère particulièrement touchant, elle s'en réjouissait pour la petite bohémienne et espérait que ce souvenir serait une sauvegarde pour la vie pleine de luttes et de dangers dans laquelle elle allait être rejetée.

Elle s'était profondément attachée à cette enfant que le hasard lui avait fait découvrir ;

chaque jour son intelligence vive et prompte
la surprenait. Ses progrès étaient réels; elle
avait une manière à elle de juger les choses,
et elle les jugeait toutes avec droiture et bon
sens ; plus posée, par sa vie de misères et de
fatigues, que les enfants de son âge ne le sont
d'ordinaire, elle passait de longues heures aux
pieds de sa bienfaitrice, réchauffant son petit
cœur meurtri dans cette atmosphère de tendresse et de dévoûment dont elle était maintenant entourée et qu'elle n'avait jamais
connue auparavant.

Tout marchait avec ordre à Lazères, sous
une impulsion sage et raisonnée. Tout y était
à sa place, Hélène le remarquait avec des
étonnements et une admiration qui faisaient
sourire Mme de Molney tout en la préoccupant
un peu ; comment cette petite fille rêveuse,
qui, instinctivement, aimait l'ordre, repren-
drait-elle sa vie toute de secousses et d'im-
prévu ?

M. Bourgeons ne paraissait plus se souvenir qu'il avait laissé une fille de par le
monde ; jamais il n'avait donné de ses nouvelles, et les deux lettres qu'Hélène avait
écrites à son père sur la recommandation de
Mme de Molney étaient restées sans réponse.

Hélène semblait croire que par suite de ses

changements constants de lieu et de séjour, il
ne les avait point reçues et ne paraissait s'en
préoccuper nullement ; mais Mme de Molney
avait pris des informations pour savoir sûrement où était le cirque en ce moment-là; il
lui fallait l'extrait de baptême de la petite
fille, et elle le réclama elle-même à M. Bourgeons en lui annonçant le jour de la cérémonie religieuse et en lui parlant longuement
de l'enfant et de ses heureuses dispositions.
Les papiers n'arrivaient pas, et cela préoccu-
pait vivement la jeune femme, qui ne voulait
pas en parler à Hélène pour ne point la trou-
bler, lorsque le 14 au matin, le facteur remit
un pli chiffonné et crasseux à l'adresse de la
châtelaine ; on voyait qu'il avait longtemps
séjourné dans quelque poche avant d'être jeté
à la poste; c'était l'extrait de baptême d'Hélène,
sans un mot de souvenir de son père, sans
une parole affectueuse pour cette enfant au
cœur si chaud et si tendre. Mme de Molney
soupira profondément et entra dans la chambre
d'étude où les petites filles passaient depuis
quelques jours une grande partie de leur
temps.

— J'ai des nouvelles de votre père, Hélène,
dit-elle ; je lui avais écrit et je craignais que
ma lettre ne lui fût pas plus arrivée que les

vôtres; mais me voilà rassurée, il m'envoie aussi votre acte de baptême, qui nous était indispensable.

— Où est papa, maintenant ? demanda Hélène, qui s'était levée et avait tressailli en entendant parler d'une lettre de son père; j'aurais été bien heureuse qu'il fût près de moi demain.

— Je ne sais plus au juste où il est, le timbre de la poste est un peu effacé.

— Et Rose ? Comment va-t-elle, donne-t-il de ses nouvelles ? demanda encore Hélène avec un peu d'inquiétude et en regardant toujours Mme de Molney, comme si elle se fût méfiée qu'on lui cachait quelque chose.

— Non, il n'en dit rien; elle va bien probablement.

Il y eut un instant de silence.

— Oh! Madame, il ne dit pas qu'il faut que je revienne, n'est-ce pas ? s'écria tout à coup l'enfant en bondissant près de la jeune femme. Oh! mon Dieu, pourvu qu'il ne me réclame pas encore ! acheva-t-elle en fondant en larmes.

— Il n'en parle pas, calmez-vous, ma chérie, reprit Mme de Molney en l'embrassant tendrement; vous êtes sûrement pour quelque temps encore avec nous ; ensuite il faudra vous résigner à reprendre courageusement et chré-

tiennement votre vie telle que le bon Dieu
veut vous la faire, nous verrons à changer
cela plus tard si c'est possible ; pour le moment, vous ne devez qu'obéir à votre père et
prier beaucoup pour lui demain.

— Je l'aime bien, Madame, et serais heureuse de le revoir si... si je ne pensais pas à
tout ce qui m'attend là-bas ; puis vous quitter...
quel chagrin ! murmura la petite fiille en
essayant de retenir ses sanglots.

— Ne pensez pas à cela et soyez toute au
bonheur et à Dieu maintenant ; d'ailleurs je
viens vous annoncer une nouvelle qui vous
fera plaisir à toutes deux, continua Mme de
Molney en se retournant vers sa fille, qui,
pâle et émue, regardait sa jeune compagne
avec compassion ; Roger, grâce à un très bon
trimestre, a obtenu la permission de venir
passer trois jours ici, et il aura le bonheur
d'assister à votre première communion.

Cette nouvelle remit de la joie sur les
visages assombris des enfants, et le soir,
lorsque la jeune mère alla les embrasser
comme de coutume, il n'y avait pas trace de
larmes dans ces jeunes yeux.

Une première communion est toujours très
touchante ; mais à la campagne, cette cérémonie revêt un caractère émouvant que rien

ne saurait reproduire. Dès le matin, les rudes villageois abandonnent leurs travaux, car, pour tous, c'est un jour de fête ; ils se rendent à l'église, dont les cloches ont dès l'aube lancé dans l'air leur joyeux carillon ; ils sont heureux de se rappeler eux-mêmes ce jour solennel, qui fut leur premier pas en connaissance de cause dans le monde chrétien ; beaucoup d'entre eux se sont laissé entraîner par de mauvaises influences et ont oublié leurs pieuses promesses ; mais pas un ne reste indifférent aux émotions que réveille le souvenir de ce jour béni, souvenir plein de douceur, de paix, d'apaisement même, qui, plus d'une fois, a suffi pour relever des cœurs douloureusement abattus.

L'église de Lazères, à demi restaurée, avait ce vieux style que l'on retrouve encore dans quelques villages oubliés du fond de la Bigorre. Son clocher plat, à moitié recouvert de lierre et de vigne vierge, laissait paraître une grosse cloche dont le son vibrant et argentin avait salué bien des arrivants en ce monde et accompagné bien des morts à leur dernière demeure. On montait par quatre marches ébranlées dans la vieille église ; mais là s'arrêtait toute marque de vétusté, et on sentait que la châtelaine voisine avait apporté dans la

maison du Seigneur l'ordre, le soin et la
bonne tenue qu'on remarquait dans la sienne.
Le vieil autel en bois sculpté, avec son remarquable rétable, avaient été redorés avec soin ;
des vitraux, aux couleurs sobres, jetaient partout leur jour adouci ; dans des niches go-
thiques, deux statues d'un style assez pur
représentaient les saints patrons de la paroisse,
et sur les murs blanchis à la chaux et restés
tels pendant de longues années un peintre
récemment appelé venait de semer des croix
et des fleurs d' lys sur un fond d'ocre clair, à
la grande satisfaction des bons paysans réunis
pour la cérémonie du jour.

Depuis longtemps une peinture murale était
l'objet de leur ambition, et le conseil de
fabrique, assemblé à cet effet, avait parlé d'une
souscription pour l'année suivante. Mme de
Molney, avec sa modestie ordinaire, avait fait
faire ce travail sans en prévenir d'autres que
son curé.

Appuyée depuis un instant sur son prie-
Dieu, elle regardait avec émotion ces deux
petites filles, toutes blanches, toutes pâles,
adorablement jolies, chacune dans son genre,
et dont l'air grave et recueilli frappait, même
au milieu de leurs sages compagnes. Pour
l'une, la vie était, Dieu merci, tracée : elle

serait la jeune fille pure et simple que promettait déjà l'adolescente, et le cœur de la
mère tressaillait de joie en voyant le clair
regard d'Alice et en songeant à la confiance
et à l'abandon qu'elle lui avait témoignés pendant cette dernière semaine de retraite.

Son mari manquait dans ce jour de joie, et
son absence lui paraissait doublement cruelle,
mais elle le savait au loin, uni à elle par la
pensée, et elle le sentait prosterné comme elle,
demandant au Seigneur pour cette fille chérie
des trésors de bénédictions et de grâces. Mais
l'autre, la petite bohémienne, quel serait son
avenir ? Qui viendrait à son secours plus tard,
quand, reprise par sa vie dangereuse, elle
sentirait sous ses pieds chancelants les cailloux
aigus du chemin ? Son père, hélas ! où était-
il à cette heure et songeait-il seulement à son
enfant ?

Le cœur de la jeune femme se serrait douloureusement à cette pensée.

— Mon Dieu ! sauvez-la ! murmura-t-elle,
vous seul pourrez ce miracle plus tard !

La messe était terminée depuis un instant :
après quelques mots émus, le curé congédia
les jeunes communiants en leur donnant rendez-vous à l'église pour la cérémonie du soir.

Mme de Molney revint au château avec les

enfants; elle avait préféré faire à pied le court chemin qui la séparait de l'église et, entourée de paysans qui tous recevaient un mot aimable d'elle ou une recommandation, elle marchait à pas lents, suivant des yeux Roger et les deux petites filles qui, encore toutes recueillies, ne répondaient qu'à peine aux questions multiples de leur compagnon.

Arrivé la veille au soir seulement, Roger ne leur avait point parlé encore, Mme de Molney n'ayant pas permis qu'on troublât leur retraite; aussi avait-il mille choses à demander. Qu'avait-on fait pendant ces trois mois? Qu'y avait-il de nouveau à la basse-cour, au chenil, à l'étable, à l'écurie?

— Pas de chiens? Tu es sûre, Alice? demandait-il d'un ton incrédule. Mirette devait avoir des petits cependant, on ne les aura pas tous noyés, j'espère!... Et Karlette? C'est une belle vache maintenant, n'est-ce pas? Je t'en prie, dis-moi comment va ma pie; je ne te laisserai pas tranquille avant que tu m'aies donné de ses nouvelles; personne n'a pu m'en rien dire hier soir; je te l'avais confiée, tu sais!...

— Elle est morte, mon pauvre Roger, répondit doucement Alice; je ne te l'ai pas écrit pour ne pas te faire de la peine.

— Oh ! quel malheur, morte ! de quoi est-elle morte ? s'écria Roger tout à fait affligé.

Hélène laissa son amie raconter la fin de la pauvre pie et, se rapprochant de Mme de Molney, passa doucement son bras sous le sien.

— Eh bien ! ma chérie, vous êtes bien heureuse, n'est-ce pas ! murmura la jeune femme avec tendresse

— Oh ! oui, bien heureuse, Madame ! Savez-vous ce que j'ai demandé à Dieu aujourd'hui ?

— Beaucoup de choses, j'espère ; vous savez qu'aujourd'hui vous êtes toute-puissante, et je suppose que personne n'aura été oublié par vous.

— J'ai demandé bien des choses, mais une entre toutes, c'est de mourir près de vous ; il me semble que je serais sûre alors d'être sauvée.

— Quelle petite tête folle vous avez ! reprit Mme de Molney en posant tendrement sa main sur le front de l'enfant. Ce n'est pas le jour de penser à la mort, car tout est vie pour vous, maintenant ; d'ailleurs il en sera comme le bon Dieu voudra, n'est-ce pas ?

— Oui, certainement, mais promettez-moi que n'importe où je serai, si vous me savez

bien malade et si vous pouvez venir, vous
viendrez, reprit Hélène avec insistance.

— Je vous le promets, répondit sérieusement Mᵐᵉ de Molney, en regardant Hélène et
ne voulant pas résister à ce désir étrange de
l'enfant, désir exprimé de ce ton ému et caressant qui savait toujours remuer le cœur de
sa bienfaitrice.

On était arrivé au château, et personne ne
sembla plus songer à de tristes pensées.
Roger avait été subitement consolé de la mort
de sa pie par la vue de deux chiens nouvelle-
ment nés que sa mère lui avait permis de
faire élever, et les petites filles, toutes au
bonheur de ce grand jour, reparlaient ensemble des souvenirs intimes qui devaient
rester si profondément gravés dans leur âme ;
mais comme tous les bonheurs de la terre,
celui-là ne devait pas avoir de lendemain.

En revenant de la messe d'actions de
grâces, Mᵐᵉ de Molney trouva au milieu de
son courrier une enveloppe jaune, sur laquelle elle reconnut sans peine la grosse écri-
ture du père d'Hélène ; elle tressaillit, car
elle sentait là une douleur pour l'enfant ;
sûrement M. Bourgeons venait réclamer sa
fille. La lettre était à peine polie : le vieux
directeur avait dû l'écrire dans une heure de

crise et sous le poids de quelque grave préoc-
cupation.

« Il faut qu'Hélène nous rejoigne immédiatement, disait-il ; nous sommes à Aire pour
deux jours, et il vous sera facile, je suppose,
de la faire ramener là. Je viens de brocanter
ma baraque et nous partons avec une nouvelle direction pour aller faire un tour en
Suisse. Je pense que la petite est prête et que
toutes les cérémonies sont finies. Dans tous
les cas, il faut qu'elle revienne ; j'espère qu'elle
s'est fortifiée à la campagne et qu'elle est
en bonnes dispositions pour reprendre sa
carrière. Je vous remercie de l'avoir ainsi
gardée pendant quatre mois, et je suis bien
votre serviteur.

« Antoine BOURGEONS. »

Mᵐᵉ de Molney soupira ; une lourde tâche
venait de lui être imposée : il fallait avertir
Hélène, et cela sans retard ; car la lettre de
son père ne souffrait aucune réplique. Elle
appela la petite fille, qui se promenait devant
la maison avec Alice.

— Venez, dit-elle, j'ai besoin de causer avec
vous, et venez seule.

Hélène monta rapidement le perron et, d'un

bond, se trouva dans la chambre de la jeune femme. Elle avait compris, au ton de sa protectrice, que quelque chose de grave se passait ; l'enveloppe de son père qui se trouvait encore sur la table lui fit tout deviner.

— Mon Dieu ! est-ce qu'il me réclame ? dit-elle d'une voix étranglée, tandis qu'une pâleur mortelle couvrait son charmant visage.

— Oui, ma pauvre enfant, et tout de suite, répondit Mme de Molney, préférant l'avertir sans périphrases du sort qui l'attendait. En ce moment, il est à Aire, et il faudra l'y rejoindre ce soir ou demain matin au plus tard.

Hélène, les yeux baissés et les sourcils froncés, ne répondit pas.

— Voyons, ma chérie, soyez raisonnable, reprit tendrement Mme de Molney en l'attirant sur ses genoux, inquiète de ce silence glacial ; vous savez quelle peine vous me feriez si vous n'acceptiez pas avec courage les décisions de votre père ; il fallait s'attendre à une séparation ; nous espérions quelques jours encore, mais si Dieu ne le veut pas, il faut nous résigner.

Hélène, répondez-moi, je vous en prie ; ne voulez-vous plus m'obéir ? continua-t-elle en essayant de soulever doucement la tête de la petite fille.

— Demandez-lui quelques jours encore, je vous en supplie, s'écria enfin l'enfant en éclatant en sanglots ; je serai courageuse ensuite, je vous le promets, mais partir comme cela subitement, c'est impossible !

— Il le faut, Hélène, on vous réclame, la lettre de votre père est formelle ; vous allez tous partir pour la Suisse, me dit-il, et il a besoin de vous pour cette campagne ; je crains qu'il n'ait fait de mauvaises affaires, puisqu'il a dû vendre et changer une partie de son matériel ; vous voyez que vous lui êtes indispensable ; il espère d'ailleurs que vous revenez pleine de courage pour reprendre votre métier.

— Mon métier ! s'écria l'enfant avec une sorte de colère, tandis que ses larmes coulaient à flots et que ses joues rougissaient brusquement; est-ce un métier que de sauter devant les gens pour les faire rire ?...

— Oui, c'est un métier pour vous, mon enfant, puisque Dieu vous l'a imposé ; il veut que vous obéissiez à votre père ; qu'importe la chose que l'on fait, pourvu qu'elle ne soit pas mauvaise, si on la fait avec un sentiment noble et élevé ? D'ailleurs, reprit Mme de Molney plus fortement, vous pouvez être un apôtre autour de vous et faire un bien extrême

4.

à ceux qui vous entoureront; si vous ramenez votre père au sentiment de ses devoirs religieux, si vous lui faites accepter avec patience et résignation les difficultés de son état et tous les chagrins qu'il a eus, ne croyez-vous pas, Hélène, que ce métier, que vous méprisez maintenant, ne sera pas plein de joies et de consolations pour vous ?

— Mais, Madame, j'ai honte et horreur de cette vie-là, murmura encore la petite fille.

— Dieu veuille que vous ne vous y attachiez pas trop dans la suite, car il y a des dangers réels dans les succès et les applaudissements qui vous attendent; l'orgueil satisfait est un mauvais conseiller, reprit plus bas Mme de Molney : pour le moment, ne me faites pas repentir de vous avoir prise chez moi pendant quelque temps ; si je vous voyais si peu raisonnable, je me reprocherais de vous avoir aimée et soignée comme un de mes enfants.

Cette voix douce et tendre ne pouvait pas manquer d'arriver au cœur d'Hélène, et après un long colloque à voix basse, où la jeune femme déploya toute son énergie, Hélène promit d'être forte et résignée.

Le départ avait été fixé au lendemain matin. Roger et Alice, en l'apprenant, en témoignèrent leur chagrin, chacun à sa manière : le pétu-

lant garçon en bondissant de colère et en
assurant qu'il était prêt à aller avertir M. Bourgeons qu'on refusait de lui rendre sa fille ;
Alice en serrant tendrement la petite bohémienne dans ses bras.

— Tu ne nous oublieras pas, disait-elle
doucement, et tu écriras si tu le peux ; tu sais,
ce n'est pas très loin, la Suisse, et nous pourrons peut-être aller te voir.

— Certainement, nous irons, reprenait
Roger hardiment ; moi je vais travailler
comme un nègre cette année, et maman sera
bien forcée alors de m'accorder une récompense extraordinaire ; tu peux être sûre que
nous irons te voir.

Hélène ne répondait qu'avec peine à tous
ces témoignages d'amitié ; on sentait qu'elle
refoulait courageusement ses larmes. Elle
avait promis à Mme de Molney de ne plus
pleurer, et son cœur brisé luttait vaillamment.

Le lendemain, après une nuit sans sommeil,
elle reçut les adieux de tous sans une marque
de faiblesse ; son visage pâle était impassible,
et lorsque Mme de Molney, après l'avoir fait
monter en voiture près de la vieille femme de
charge qui devait la conduire à Aire, la serra
une dernière fois contre son cœur, ses grands
yeux étranges se relevèrent avec un regard si

morne et si glacé, que la jeune femme en fut douloureusement frappée. Cette petite âme charmante, réchauffée par l'affection, allait-elle se refermer à jamais ?

Hélène n'avait pas prononcé une seule parole en partant ; mais sa petite main crispée serrait avec angoisse une large médaille qu'Alice et Roger fort émus venaient de lui passer au cou.

———

IV

Misère et regrets.

Le cirque pliait bagage quand Hélène arriva à Aire, et ce fut dans une petite salle
basse et obscure, au milieu d'un amoncelle-
ment de caisses et de paquets de toutes formes,
que son père la reçut. Il la retourna en tous
sens, avec un grognement de plaisir : l'enfant s'était visiblement fortifiée, et, à la lueur
des quinquets à demi éteints qui les entouraient, sa pâleur intense ne pouvait être remar-
quée.

— Allons, tout va bien, dit-il d'un ton satisfait, nous allons maintenant faire de la bonne
besogne ensemble; as-tu de la chance d'arriver
un jour de relâche ! Sans cela, le directeur

aurait été capable de te mettre à cheval dès ce
soir, pour donner de l'éclat à la mécanique.
C'est un fameux chien, et qui me fait faire
bien du mauvais sang; mais il fallait aller
avec lui ou faire la culbute. Les chevaux sont
encore à moi pour la plupart; mais les hommes
lui appartiennent. Ainsi, tu pourras marcher
droit, ou gare la chambrière. Il s'entend à leur
ramoner les jambes à tous; à part cela, bon
homme au fond; d'ailleurs, tu verras comment il faut le prendre, chacun à sa manière,
il n'y a qu'à savoir la deviner.

Et il éclata d'un gros rire.

— Où est donc Rose? demanda Hélène, qui
avait hâte d'échapper à ces détails effrayants,
et qui frissonnait malgré elle, dans ce milieu
dont elle s'était si facilement déshabituée.

— Elle est allée voir couler l'Adour, je suppose; elle est toujours aussi nonchalante, vois-
tu, et s'imagine que les autres doivent faire
son ouvrage. Tâche de la rejoindre, tu ne risques pas de te perdre dans les rues d'Aire;
d'ailleurs, elle doit être sur le pont qui est à
deux pas d'ici; elle y passerait sa journée si
on la laissait faire.

Hélène sortit rapidement; elle avait besoin
d'air et de silence; son cœur débordait.

Voilà donc le cadre où sa vie devait s'é-

couler : son père, elle l'aimait malgré sa
rudesse; mais que lui importaient tous ces
intérêts mesquins ? N'auraient-ils pas toujours
trouvé une façon honorable de gagner leur
vie, puisque Dieu les condamnait à la gagner
péniblement ? Désormais, ce cirque, ces manières libres, ces paroles grossières, la cho-
queraient ; elle était avide de tendresse et
d'affection, mais autour d'elle, hélas! qui la
comprendrait ?

Sans but, comme au hasard, elle marchait
droit devant elle. Avait-elle donc oublié qu'elle
devait ramener Rose, pour s'occuper des paquets et se préparer au départ? On l'eût dit à
son air inconscient.

Aire est bien la plus sotte petite ville de
province que l'on puisse imaginer : deux
grandes rues toutes noires, toutes vieilles ; à
un bout, la cathédrale et un évêché, ancienne
demeure bâtie pour le gouverneur de la province, dont les murs élevés et la grande porte
de chêne sont d'un sombre et triste aspect. Il
a été illustré dans ces derniers temps par un
saint et un savant : l'on se raconte encore,
chez les bons habitants d'Aire et à bien des
lieues à la ronde, mille anecdotes de leur ancien
évêque, homme plein de savoir, d'esprit et de
malicieuse finesse, dont l'originalité n'avait

d'égale que son amour pour son devoir et pour Dieu.

Hélène était arrivée devant la porte de l'église : elle entra machinalement. Mme de Molney lui avait appris que là se trouvait le grand consolateur des cœurs affligés. Aussi, après une prière interrompue par des sanglots étouffés, elle se releva plus forte et plus courageuse ; la vie lui semblait moins difficile à envisager, et la route moins rude à parcourir.

— Je travaillerai pour mon père, se disait-elle, et plus tard, qui sait si je ne retrouverai pas ma bienfaitrice, et s'il ne me sera pas permis de vivre auprès d'elle ?

Réconfortée par cette espérance, elle se remit à marcher.

Il fallait chercher Rose, et elle traversa de nouveau les rues, tout effarouchée des regards étonnés que lui distribuaient sans compter les passants et les marchands inoccupés, réunis à leur porte. On la regardait comme une bête curieuse ; sûrement, cette jolie petite étrangère appartenait au cirque qui, depuis huit jours, charmait les loisirs des habitants. Comment ne l'avait-on pas vue encore ? D'où venait-elle ? Elle semblait plus soignée et plus propre dans sa mise que les autres femmes de la troupe, pourquoi cela?... Autant de questions qui pouvaient, dans cette petite ville, occuper au moins tout un jour les commères des deux rues principales.

Hélène finit par trouver le pont, où, d'après l'indication de M. Bourgeons, elle devait rencontrer Rose. Celle-ci y était en effet ; accoudée nonchalamment sur le parapet, elle regardait couler l'eau d'un air distrait et ennuyé.

— Ah ! tu es là, dit-elle en se retournant à demi ; le père t'attendait en effet, car nous filons d'ici ce soir, à ce qu'il paraît. Tu as eu une fameuse chance, toi, continua-t-elle en la regardant de plus près : quatre mois de repos et une nourriture à souhaits ! Il y a des gens auxquels tout réussit. Tu ne vas pas faire ta princesse au moins, parce que tu as vécu en pleine paresse dans un château ; avec nous, tu sais que cela ne prendrait pas ?

— Je reviens pour travailler, répondit doucement Hélène, dont le cœur se serrait de nouveau devant cet accueil si froid et ces sentiments si vulgaires.

— Et tu vas pouvoir commencer tout de suite, ma chère ; sois tranquille, tu es sur la liste de demain soir, à Nogaro, et avec l'administrateur, il n'y a pas à tortiller. Quel homme !

5

C'est un vrai tigre! Il dégoûterait du genre humain!... L'autre jour, Mme Meni lui avait porté pour six sous de petits pois, croyant l'adoucir et se faire dispenser de la répétition. Ah! bien, oui, il les lui a tous jetés à la figure, et elle a dû travailler comme nous. Avec cela, des chevaux qui galopent du mauvais pied, le père qui boit plus que jamais, enfin, des ennuis, quoi!... Je commence à en avoir assez, et, si cela continue, je crois bien que je ne ferai pas long feu dans cette boutique.

— Que feras-tu alors? demanda Hélène.

— Je ferai autre chose, n'importe quoi, cela ne te regarde pas. Maintenant, partons; je suppose que tu viens me chercher. On ne peut pas se donner une minute de repos avec ces gens-là.

Elle bâilla, remit un petit châle de laine, qui avait glissé de ses épaules, et reprit le chemin de la place, où l'on apercevait encore la grande toile blanche du cirque. Hélène la suivit en silence, ne trouvant rien à répondre à cette série de plaintes.

Il avait été décidé qu'il y aurait une halte à Nogaro; cela coupait à peu près la route entre Aire et Auch, et les châtelains du voisinage, ainsi que les paysans, attirés par les affiches

attrayantes posées depuis quelques jours, for-
meraient un public quelconque pour cette soirée de voyage. On ne resterait pas ainsi un
jour sans recettes, ce qui avait le don de
mettre hors de lui M. Ruislay, le nouvel administrateur.

Hélène, assise dans une des grandes voitures qui les menaient à Nogaro, réparait à la
hâte des loques qui devaient lui servir pour
la représentation du soir ; à la vue de ces costumes bizarres dont elle avait perdu l'habitude,
elle s'était sentie prise de honte, mais il n'y
avait pas à reculer ; Mme de Molney, d'ailleurs,
ne lui avait-elle pas dit que son métier pouvait avoir sa noblesse et ses consolations?
Aussi travaillait-elle silencieusement, sans
s'occuper des conversations communes et souvent grossières de ses compagnons de route.

La troupe avait été complètement remaniée
depuis la déroute de M. Bourgeons : le malheureux s'était vu obligé de céder ses droits de
directeur à un autre, pour éviter une faillite
imminente, et la plupart de ses artistes, comme
il les appelait, avaient été tenter fortune ailleurs.

La mine sauvage du nouveau chef n'était
point faite pour les engager à travailler sous
ses ordres ; seule, la grosse Mme Méni, ne sa-

chant où aller, vu son âge, la nonchalante
Rose et Gaëtan Moreno, avaient suivi la fortune de l'ex-directeur. Gaëtan, orphelin depuis
quelques années, avait été en quelque sorte
revendiqué par M. Bourgeons, qui s'était fait
nommer son tuteur, aucun parent n'ayant
songé à le réclamer. L'extrême agilité du jeune
garçon, ainsi que la réputation de beauté et de
souplesse d'Hélène, avaient été d'un grand
poids dans les espérances du nouvel administrateur et l'avaient fait se montrer assez
coulant dans les affaires à traiter pour éviter
une débâcle complète.

On devait voyager longtemps hors de
France, et M. Ruislay avait cherché à réunir,
avant le départ, tous les éléments possibles de
succès ; aussi récoltait-il des gens de tous
pays, pourvu qu'ils eussent un talent véritable
ou une spécialité quelconque, et l'ensemble
de la troupe, avec ces différences de types et
de langage, avait quelque chose de surprenant
et de sauvage. La pauvre Hélène, jalousée
déjà par plusieurs de ses petites compagnes
à cause de son incontestable beauté, restait
silencieuse et triste sous les plaisanteries peu
obligeantes dont on l'accablait.

— Laissez donc cette petite tranquille, dit
enfin une des femmes qui était avec elle, elle

n'est point capable de vous répondre, sa langue est restée dans une des chambres du château de Lazères.

Hélène soupira : son cœur, au moins, y était resté tout entier !

En arrivant à Nogaro, on s'empressa de dresser la tente, et le directeur annonça qu'il y aurait une répétition immédiate pour les enfants.

— Il est bon d'exercer un peu votre fille, avait-il dit à M. Bourgeons ; pendant ces quatre mois de repos, elle doit avoir perdu de sa souplesse, et il est inutile qu'elle se casse la tête le premier soir.

M. Bourgeons haussa les épaules : on voyait bien, pensait-il, que le directeur ne connaissait pas Hélène, sa petite gazelle, l'étoile de ses vieux jours.

En entrant dans le cirque, Hélène fut saisie d'un effroi subit ; gênée dans son costume de répétition, trop petit pour elle, perchée sur un cheval noir à l'œil méchant, qu'elle ne connaissait pas, elle s'accrocha malgré elle, avec terreur, à sa selle ; la tête lui tournait dans ce galop précipité, et il lui semblait impossible de reprendre son aplomb si elle quittait le point d'appui, qu'elle serrait toujours fièvreusement.

M. Ruislay bondit vers elle et arrêta subitement son cheval.

— Êtes-vous folle? s'écria-t-il dans une violente colère. Lâcherez-vous bientôt cette bride? Que signifie cette peur? Votre père m'a donc trompé en me parlant de votre talent? Debout, un peu vite, ou sans cela, vous allez faire connaissance avec ma chambrière.

— Pardon, Monsieur, murmura Hélène d'une voix tremblante ; mais, dans le premier moment, la tête m'a tourné, je crois ; j'ai un peu perdu l'habitude, et...

— Comment, perdu l'habitude? Est-ce qu'on doit perdre l'habitude de monter à cheval, quand c'est son gagne-pain? Voilà ce que c'est que de vous avoir laissé faignanter pendant quatre mois dans un château, comme une duchesse ; mais nous allons changer cela, je vous en réponds ; en route et lestement !

— Laissez-la se remettre encore un peu, Monsieur Ruislay, dit un homme à la figure douce et intelligente, qui, assis dans un coin, assistait à la répétition, entouré de quatre chiens ne le quittant pas des yeux, de cet air craintif et soumis des chiens savants.

— Occupez-vous de vos affaires, Lavaire, ou sans cela allez voir à l'écurie si j'y suis,

reprit M. Ruislay d'une voix tonnante. Quant
à vous, en marche !

Hélène, un peu remise, se dressa sur sa
selle ; sa frayeur était passée, et elle distinguait sans trouble les objets autour d'elle ; seulement, sa souplesse lui manquait, et elle
sentait à chaque bond de violentes douleurs
dans les reins ; mais qu'était cette souffrance
physique auprès de l'amertume de son cœur ?
Cette première et terrible scène lui avait clai-
rement montré ce que serait sa vie désormais.

En descendant de cheval, Hélène retrouva
M. Lavaire dans le couloir ; il la regarda avec
pitié, mais ne lui parla pas : cela eût encore
exaspéré contre elle le directeur, fort mécon-
tent de son début.

— Votre fille est une sotte et une maladroite,
dit-il à M. Bourgeons, qui entrait dans le
cirque ; elle va avoir besoin de passer par un
chemin où il n'y a pas de pierres, et je veux
qu'elle quitte au plus vite cette mine d'enterrement, ou sans cela gare à elle. Je crois
qu'elle regrette sa vie de paresseuse au château de Lazères ; pour plus de sûreté, il faut
qu'elle n'entende plus parler de Mᵐᵉ de Molney. Je me charge des lettres qui pourront arriver pour elles ; chargez-vous de l'empêcher
d'écrire, ou sans cela, toutes nos conditions

sont rompues. Je n'ai pas besoin d'une pleureuse dans ma troupe.

Et, brusquement, il lui tourna le dos.

Hélène écoutait encore les reproches violents de son père, qui ne la ménageait pas et l'avait menacée de la battre comme entrée en matière, quand la cloche vint avertir que l'heure de la représentation approchait.

La salle était déjà à demi remplie ; on pouvait remarquer dans l'assistance quelques élégantes de l'endroit : entre autres, la femme du boucher et celle de l'épicier, qui rivalisaient de toilette, et qui, ce soir-là, avaient déployé toute leur industrie, espérant sans doute mutuellement s'éclipser.

Au milieu des châtelains du voisinage, au premier rang de chaises, venaient de s'asseoir trois jeunes filles charmantes, presque de la même taille, et vêtues de même ; elles étaient là avec leur mère, blonde comme elles.

Hélène, se rendant dans sa loge, les regarda en passant ; un souvenir des jours heureux lui fit battre le cœur : cette femme blonde, entourée de ses enfants, lui avait rappelé sa bienfaitrice.

— Êtes-vous plus tranquille et plus sûre de vous-même ? lui demanda tout bas M. Lavaire, qui se trouvait par hasard sur son

passage; il faut se méfier de ces étourdisse-
ments, cela pourrait vous jouer un mauvais tour.

— Je vais mieux, merci, dit Hélène, touchée
de cette sympathie au milieu de tant d'indifférence.

— Ne craignez pas le patron, il est rude
mais point mauvais homme au fond; si vous
êtes par trop fatiguée, faites-moi un signe, je
suis là en clown avec mes chiens, pendant
votre exercice, et je vous donnerai une plus
longue relâche si cela vous est nécessaire.

A bas donc, Mouton, dit-il en se retournant
et en donnant un coup de cravache à un superbe caniche noir, qui venait de poser ses
grosses pattes sur le bras d'Hélène.

Mouton poussa un gémissement plaintif et
l'enfant passa vivement sa main caressante
sur la tête du chien; tout ce qui souffrait
trouvait un écho en elle, car elle souffrait
elle-même cruellement.

— Il n'a rien, soyez tranquille, dit en riant
M. Lavaire, c'est un douillet qui se souvient
des coups de cravache d'autrefois; malheureusement il faut cela pour leur éducation;
maintenant c'est un bon chien et nous ne
nous fâchons ensemble que rarement, n'est-ce
pas, Mouton ?

Mouton regarda son maître de ses yeux intelligents et remua un peu la queue, mais il avait le regard triste, presque navré; Hélène le caressa encore doucement.

— Allez vite, vous ne serez pas prête, reprit M. Lavaire; l'entr'acte n'est que de dix minutes et vous commencez aussitôt après : bonne chance et surtout pas trop d'émotion.

Ce n'était pas l'émotion qui dix minutes plus tard faisait pâlir et trembler Hélène; en entrant dans la salle, une honte horrible l'avait reprise en se voyant dans son costume de danseuse. Elle n'entendit pas le murmure d'admiration qui s'éleva quand elle parut; elle entendit encore moins les paroles flatteuses qui l'accueillaient quand, debout sur son cheval, elle faisait au pas trois fois le tour de la piste conduite par M. Lavaire, vêtu en Arlequin fantastique. Celui-ci n'avait pas l'air de voir le directeur, qui, tourmentant avec impatience le manche de sa chambrière, lui faisait signe de laisser aller le cheval.

Hélène, grâce à la ruse ingénieuse de son compagnon, se trouvait bien en selle au premier tour de galop et commença ses pas savants sans peur et sans trop perdre d'aplomb, mais son visage restait sérieux et triste; par moment ses yeux se voilaient de larmes; elle s'arrêta enfin ou plutôt on arrêta son cheval, car elle était inconsciente, il lui semblait être sous l'influence d'un cauchemar affreux.

— Souriez donc, murmura M. Lavaire, qui, promenant gravement un chien debout sur ses épaules, avait pu se rapprocher d'elle; le maître vous l'a dit deux fois, gare à la troisième !...

Et elle sourit en regardant au hasard, mais quel sourire navrant !

— Que cette petite fille à l'air triste et malheureux! dit une des jeunes blondes des places réservées; elle fait vraiment pitié, on voudrait voir un peu de bonheur sur cette adorable figure.

— Ne vous apitoyez pas trop sur son sort, ma chère Berthe, répondit un homme âgé placé derrière la jeune fille, ces petites bohémiennes prennent la mine qu'elles veulent, très habilement ; celle-ci se donne cette expression lamentable pour se rendre plus intéressante sans doute.

— Je crois que c'est sincère chez elle et pas du tout cherché, reprit vivement la jeune fille; voyez, elle paraît tremblante et a peut-être peur ; c'est affreux en vérité, d'être condamnée à une vie pareille !

M. Ruislay, qui entendait ces remarques, fit

claquer son fouet avec impatience, il fallait repartir.

On avait apporté, pendant le repos, de larges écharpes qu'Hélène devait franchir; elle le fit en commençant avec assez de légèreté, mais la fatigue qu'elle éprouvait en continuant la fit sauter à faux, et accrochant son pied à une écharpe, elle tomba et roula dans la salle; d'un bond elle fut debout et pendue à la crinière de son cheval pour remonter en selle : rouge d'indignation et de souffrance, elle reprit ses sauts périlleux. M. Ruislay, sans pitié pour elle, venait de lui allonger un de ses terribles coups de chambrière.

Il y eut dans la salle des murmures, bientôt couverts par les bravos des galeries, qui pensaient faire oublier ainsi à la petite écuyère sa chute et la correction qui en avait été la suite.

Peut-être pour ses enfants à demi sauvages ces corrections étaient-elles nécessaires pour leur apprendre leur métier, bien des gens le pensèrent, et se le dirent pour tâcher de s'expliquer à eux-mêmes leur manque de pitié envers ces pauvres petites créatures.

Hélène, à bout de forces, put enfin s'arrêter; glissant de son cheval, elle dut aller comme de coutume au milieu du cirque pour remercier la foule et saluer dans tous les sens.

A peine disparue, des salves d'applaudissement la rappelèrent et il fallut revenir, en donnant la .main au terrible M. Ruislay, qui la conduisait, en souriant avec un regard paternel, saluer encore le public.

Après ce nouveau supplice elle put repartir pour se reposer et pleurer tout à son aise.

Assise où plutôt à demi couchée dans un coin de l'écurie, morte de fatigue, il lui semblait que son cœur allait se briser dans ses sanglots, quand une grosse langue douce passa sur son visage à plusieurs reprises comme pour sécher ses larmes et en tarir la source ; c'était Mouton, qui avait entendu son amie pleurer et qui venait la consoler.

Les applaudissements continuaient dans le cirque, ainsi que les cris de la foule et les rires de commande des hommes de la troupe. La petite fille noua ses bras autour du cou du chien et cacha sa tête fatiguée dans son gros poil ; peu à peu ses sanglots s'apaisèrent ; c'était un ami que le Ciel lui envoyait ; battus, malheureux, ils se comprendraient sans peine.

Six mois passèrent ainsi, longs, douloureux, pleins de déchirements et de larmes ; enfin M. Bourgeons, que la déveine poursuivait quitta la direction Ruislay pour s'engager

comme simple clown dans le cirque Calvani,
qui partait pour l'Italie.

Rose avait disparu depuis huit jours, sé-
duite par les promesses d'une vieille bohémienne qui avait promis de lui faire gagner
sa vie en dormant ; elle était partie avec elle
un beau soir ; son père n'avait fait aucune
démarche pour la retrouver et s'était contenté
de jeter au feu avec colère, en l'accompagnant
d'horribles jurons, le billet par lequel elle lui
annonçait son départ.

Quant à la pauvre Hélène, elle quittait indifférente la troupe où elle avait tant souffert,
elle suivait son père sans répliquer ; que lui
importait désormais où il lui faudrait vivre ?
Elle venait de prendre une résolution suprême :
froissée du silence de Mme de Molney, qui, depuis son départ de Lazères, ne lui avait pas
donné signe de vie, ne comprenant rien à cet
abandon après tant de bontés, et ne recevant
aucune réponse à ses lettres déchirantes, elle
venait de se promettre à elle-même de ne jamais lui écrire et de tâcher de ne jamais la
revoir. Son cœur s'était refermé, la bonne et
saine influence de sa protectrice allait disparaître si Dieu ne venait pas à son secours.

Une grande joie cependant lui avait été
donnée avant son départ ; en allant dire adieu

à Lavaire, qui s'était toujours montré son protecteur, elle s'était penchée vers Mouton et l'avait embrassé en pleurant, c'était un ami fidèle qu'il lui fallait quitter.

— Emmenez-le, je vous le donne, lui avait dit vivement Lavaire; ce sera un aimable compagnon pour vous et il est assez savant pour être reçu partout avec plaisir.

Hélène avait poussé un cri de joie, et Mouton, comme s'il comprenait ce qui se passait, s'était vivement dressé sur ses pattes de derrière pour faire à son maître un salut des plus graves.

Tous deux désormais allaient vivre et souffrir ensemble.

V

Un moment de désespoir.

Il y avait à Gênes grande affluence de baraques, sur la place, en dehors des faubourgs. là où les foires se tiennent d'habitude ; l'animation était complète, car en dehors des attractions de la foire, cette place est sans cesse sillonnée par des voitures qui vont et viennent, menant des étrangers au fameux Campo Santo, une des merveilles de l'Italie.

Le cirque Calvani y avait dressé sa tente et on en disait toutes sortes de belles choses en ville. Presque entièrement composé d'enfants, ce cirque attirait énormément de monde chaque soir, et le directeur avait décidé que le séjour dans cette ville serait encore pro-

longé, et qu'on ne la quitterait que lorsque
les recettes, diminuant, annonceraient que le
succès tendait à s'amoindrir.

C'était là qu'Hélène continuait à traîner sa
pénible existence ; bravement, elle s'était remise à l'œuvre pour arriver à gagner le pain
de son père et le sien, et le vieux Bourgeons
avait vu leurs appointements s'augmenter
grâce à l'habileté de sa fille comme écuyère ;
les succès croissants de la petite lui valaient
quelques jours de repos : on la réservait pour
les grandes représentations du soir et on la
ménageait un peu plus que ses jeunes compagnes, ce qui avait soulevé dans ce petit
monde tout un système de jalousies et de per-
sécutions, et ce qui faisait cruellement souffrir
la pauvre enfant.

Bien que son orgueil fût satisfait par les
applaudissements de la foule et qu'instinctivement elle s'appliquât à rehausser sa beauté
naturelle, cela ne lui suffisait point et elle sentait le vide autour d'elle ; pas une amie pour
réchauffer son cœur malade, pas une compagne pour causer un peu avec elle : toutes
se retiraient en lui lançant des sarcasmes ou
quelques mots grossiers ; et le soir, lorsque
M. Bourgeons, grisé autant de fatigue que de
boisson, se laissait tomber endormi dans son

réduit, Hélène se glissait vers sa petite couchette et y versait des larmes amères : serait-elle donc toujours ainsi désolée et lui faudrait-il traverser la vie sans secours ?

Mouton seul lui restait fidèle, il la suivait comme son ombre, l'attendait dans le couloir, lorsqu'elle était en scène, et ses gros yeux intelligents ne la perdaient pas de vue.

Peu à peu, cependant, elle avait pris un air hautain et sauvage qui la faisait remarquer plus encore ; n'essayant plus de frayer avec celles qui la repoussaient, on la voyait toujours seule avec son chien et les vieux de la troupe ne lui adressaient la parole qu'avec une sorte de réserve, tellement elle avait su se faire, par son attitude, une place à part ; malheureusement Dieu ne régnait pas en maître dans ce petit cœur, et d'une vie qui aurait pu être méritante, elle faisait une vie désolée ; une indifférence orgueilleuse avait remplacé les bons sentiments que Mme de Molney avait essayé de développer dans cette jeune âme, et loin de se jeter aux pieds du Grand Consolateur, qui aurait su adoucir ses peines, elle se révoltait contre sa destinée.

Un jour que Mouton et elle étaient assis devant le cirque, pendant la répétition des enfants, un cri perçant fit tressaillir Hélène :

elle se leva vivement, et, soulevant le rideau qui cachait l'entrée, elle regarda avec anxiété. Le trapèze, une corde cassée, pendait à une grande hauteur, et Joanna, la petite gymnasiarque, l'ennemie la plus intime d'Hélène, gisait inanimée sur le sol ; le directeur, M. Calvani, la regardait : d'un bond, Hélène fut près d'eux.

— Est-elle morte? demanda-t-elle en tremblant.

— Non, rien qu'évanouie, dit M. Calvani, qui avait posé sa main sur la poitrine de l'enfant; elle respire fort bien, mais elle doit avoir les bras et les jambes cassés après une chute pareille, et que faut-il en faire maintenant, que faut-il en faire ? Nous ne pouvons pas la garder ici.

— Son frère ne peut-il pas s'en charger?

— Son frère !... Ah ! c'est un joli garçon ! Sur une simple observation que j'ai dû lui adresser, il est parti, et où le prendre ? Ces Espagnols ont des têtes impossibles ; si jamais je le retrouve, je saurai lui faire payer le tort qu'il me fait ; mais que faire de cette enfant qui est absolument seule ici?...

— Portons-la chez nous, dit Hélène, qu'une sorte de tremblement nerveux secouait encore et qui avait, avec précaution, passé son bras

sous la tête de Joanna, pour la soulever un
peu; je vais lui donner mon lit et je m'arran-
gerai pour que le père ne se fâche pas trop, en
voyant cette bouche de plus à nourrir.

— Allons! puisque tu fais cela, moi je
paierai le médecin, et si elle est trop malade,
nous arriverons bien à la fourrer à l'hôpital,
ajouta M. Calvani, d'un ton plus dégagé.

Et soulevant dans ses bras Joanna, qui laissait échapper de faibles gémissements, il suivit Hélène, qui se dirigeait à pas précipités
vers son modeste logement.

Par une de ces chances heureuses que les
déshérités du sort ont quelquefois, la petite
Espagnole, dont tous les membres pouvaient
être rompus, en était quitte avec un bras cassé
et de fortes contusions; aussi, le médecin,
une fois le pansement fait, assura-t-il qu'avec
quelques soins et une bonne nourriture, elle
serait assez vite sur pieds.

En entendant parler de la bonne nourriture
qu'il fallait à sa petite compagne, Hélène soupira: l'argent se faisait rare à la maison, et
comme le terrible clown tenait les cordons
de la bourse, il ne fallait guère songer à en
demander; il aimait à se payer maints petits verres le soir, et jouait depuis quelque
temps dans un café borgne, sur la place, ce

qui rendait la misère encore plus noire et désolait la pauvre enfant : Comment faudrait-il faire ?

M. Calvani, qui avait assisté à l'opération, allait sortir : Hélène le retint par le bras.

— Je crois que je ne dois pas paraître ces jours-ci, dit-elle au directeur; si vous pouviez me mettre sur le programme à la place de Joanna et ainsi gagner un peu plus, j'en serais bien aise.

— Je comprends ce que tu veux dire : tu veux trimer dur pour nourrir plus facilement Joanna; c'est bien, cela, j'y consens, car tu as la faveur du public et on ne se plaindra pas de te voir trop souvent : tu auras trois francs par soirée supplémentaire; mais tu vas te fatiguer, c'est rude de paraître chaque soir sans relâche.

— Je suis très forte, dit Hélène, je puis donc facilement le faire; seulement, il faudrait que vous voulussiez me payer ces trois francs à moi et non à mon père, continua-t-elle en rougissant.

— Ah ! ah ! le vieux pourrait les boire sans ta permission ; sois tranquille, ma fille, je te les remettrai moi-même chaque soir, lorsque tu les auras gagnés ; et maintenant je te souhaite bonne chance et patience avec cette petite maladroite qui s'est si sottement laissé choir.

Joanna, qui avait d'un air étonné écouté ce colloque, ferma résolument les yeux lorsque Hélène revint près de son lit : le caractère emporté et jaloux de l'Espagnole se fondrait-il devant l'acte de charité de la petite Française et ces deux enfants abandonnées, malheureuses, allaient-elles enfin se comprendre ?

Hélène se le demanda anxieusement, son âme aimante avait soif d'affection ; depuis son départ de Lazères, il y avait déjà près de deux ans, personne ne lui avait témoigné de l'intérêt, et quand, dans son orgueil blessé, elle s'était juré de ne plus écrire à sa bienfaitrice, elle s'était enlevé tout espoir d'avoir des nouvelles de ceux qu'elle avait tendrement aimés et près desquels elle avait passé les seuls mois heureux de sa vie ; mais l'orgueil ne pouvait lui suffire, ses succès mêmes n'étaient qu'une diversion, elle souhaitait ardemment une amie, allait-elle enfin la trouver ?

Au bout de quinze jours, le bras de la petite gymnasiarque ne la faisait plus souffrir ; elle restait assise à côté de son lit, attendant Hélène, qui rentrait toujours avec quelques douceurs, des oranges, des petits gâteaux et les fleurs qu'on lui avait jetées pendant la repré-

sentation : elle lui donnait tout, lui sacrifiait la
compagnie de Mouton et avait même ordonné
à son chien de ne plus quitter Joanna; soit par
tendresse, soit par crainte, le fidèle animal
obéissait ; il cédait aux moindres caprices de
l'Espagnole, qui, tenant une cravache dans la
main qu'elle avait libre, lui faisait faire sans
cesse ses plus fameux exercices et le marty-
risait sans pitié.

Hélène en souffrait, mais n'osait pas lui en
faire de reproches : si seulement Joanna voulait l'aimer un peu, elle consolerait Mouton et
tous trois seraient heureux ensemble.

La représentation d'adieu approchait, et,
pour ce jour-là, M. Calvani avait voulu déployer
toutes ses magnificences ; plusieurs costumes
avaient été commandés, et Hélène, dont la faveur auprès du public allait toujours en grandissant, devait être la plus belle et la plus fêtée.

Joanna, comme si elle en avait eu le pressentiment, voulut assister à cette représentation ; le bras en écharpe, elle se rendit au
cirque, et, traversant avec Mouton la piste couverte de sable, elle fut s'asseoir dans un coin
obscur de la salle.

Hélène, qui l'aperçut en quittant sa place
pour aller mettre son costume, fit un mouvement de surprise.

— Pourquoi est-tu venue Joanna? lui dit-elle ; tu vas te fatiguer et tu ne seras peut-être pas capable ensuite de partir avec nous.

— J'ai voulu te voir ce soir, répondit l'Espagnole ; tu vas être éblouissante à ce qu'il paraît, mais tu pourrais aussi bien te casser le cou qu'une autre, continua-t-elle avec un mauvais sourire, prends garde à toi !

Hélène, qu'on appelait dans les couloirs, n'eut pas le temps de répondre.

On applaudissait, depuis quelques minutes, les deux jeunes trapéziarques, MM. Blow et Simon, qui s'étaient engagés dans le cirque, depuis l'accident de Joanna ; lancés avec force, ils parcouraient l'espace, pendus par les pieds à deux trapèzes ; ils passaient de l'un à l'autre avec une légèreté d'oiseau et se retrouvaient tranquillement sur le haut des galeries, souriant à la foule, qui, tout émue, toute frémissante, les applaudissait bruyamment.

Enfin, un double saut périlleux termina leurs exercices ; les deux jeunes gens glissèrent le long d'une corde sur le sol et disparurent ; pour ce soir-là, ils en étaient quittes sans se briser les os.

Un coup de cloche plus prolongé et plus vibrant se fit entendre, on voulait évidemment attirer l'attention des spectateurs.

— La voilà, certainement, murmura-t-on de toutes parts, voilà ! la petite merveille.

On venait de faire entrer sur la piste un cheval blanc tout couvert de rubans roses ; sa crinière en était parsemée, et sur sa lourde selle en brocard d'argent des broderies de soies de couleurs étaient d'un très joli effet ; deux hommes le maintenaient avec peine et il fit, malgré eux, un tour au galop, tandis qu'Hélène, la jeune étoile, s'avançait lentement ; elle était pâle et semblait triste ; ses yeux bleus, qu'on aurait dits violets tellement ils étaient sombres, semblaient indifférents ; ses cheveux d'or, qui avaient bien cette nuance introuvable, aimée du Titien, étaient retenus au-dessus de sa tête par une légère couronne de roses ; des roses en guirlande entouraient son corsage et tombaient en cascade sur ses jupes de tulle.

A sa vue des bravos d'admiration éclatèrent ; Hélène sourit enfin, et se retournant à demi vers sa petite compagne, dont elle devinait l'atroce jalousie, elle lui envoya un baiser, comme pour se faire pardonner son succès, et tendant son petit pied à un écuyer, elle sauta sur sa selle et partit au galop.

D'abord, elle passa comme un éclair emportée par son cheval, qui semblait affolé,

6

mais elle le ramena rapidement à une allure plus régulière et là, tantôt sur un pied penchée avec souplesse, tantôt faisant des pas difficiles avec une vivacité parfois effrayante, elle bondissait sur sa lourde selle et retombait à genoux ; tout cela sans un instant de faiblesse ou d'émotion, et assise ensuite, elle regardait de ses grands yeux profonds la foule, qui applaudissait.

On donna enfin un moment de repos à la petite écuyère ; tandis que son cheval, maintenu solidement, faisait au pas le tour du cirque, la troupe des clowns envahit la salle et ce ne fut plus que lazzis bruyants et farces répétées sur tous les tons ; deux d'entre eux se mirent à jongler avec de vieux feutres gris, qui sous leur baguette magique prenaient les formes les plus fantastiques ; du grand chapeau plat du fort de la halle, ils passaient à la calotte pointue du magicien, devenaient casquette ou bonnet de vieille femme et finirent par un claque du plus bel effet, ce qui fit rire tout le monde, pendant que les autres clowns, transformés en échelle vivante, disparaissaient dans les couloirs.

Hélène allait reprendre sa course ; on avait apporté de grandes barres de bois fixées à peu de hauteur de terre, que le cheval devait franchir, tandis qu'elle-même franchissait des cerceaux fleuris. Elle commença sans crainte ; le cheval s'était bien un peu défendu, mais un violent coup de cravache de l'habile petite écuyère lui avait montré qu'il fallait obéir. Elle allait terminer ses exercices ; déjà plusieurs cercles avaient été emportés et presque tous les clowns s'étaient retirés près de la porte du couloir, pour laisser Hélène jouir seule de son succès, lorsque tout à coup le cheval, effrayé, se déroba subitement et se mit à galoper avec des bonds furieux au milieu du cirque, tandis que la petite fille encore debout, mais perdant peu à peu son aplomb, essayait de saisir la bride.

Un cri d'angoisse s'éleva dans la salle ; heureusement Hélène avait réussi à saisir sa bride et à se rendre maîtresse de l'indocile animal ; elle sauta légèrement à terre, pour saluer le public, mais lorsque, rappelée par un tonnerre de bravos, elle revint encore dans le cirque, sa pâleur avait quelque chose de navrant.

— Pauvre petite ! comme elle a eu peur ! murmura-t-on de tous côtés.

La foule se trompait, car à l'émotion naturelle qu'Hélène avait ressentie en voyant le danger qu'elle courait s'était joint un sentiment bien plus douloureux et qui l'avait frappée en plein cœur.

Elle seule savait la cause de son accident, elle seule avait vu Joanna, debout, agitant vivement un mouchoir lorsque le cheval passait près d'elle, et elle comprenait ce qu'avait de méchant et de jaloux l'âme de la petite Espagnole; rien n'avait donc pu la gagner, ni ses soins, ni son dévoûment, et lâchement, elle avait essayé de la faire tomber, se tuer peut-être, et cela pour ne plus être témoin de son triomphe.

Joanna, les dents serrées, l'attendait dans la rue à la sortie du cirque; la main passée dans le collier de Mouton, elle paraissait prête à braver l'infortunée Hélène, qui, toute pâle encore, s'enveloppait dans un vieux châle, afin d'éviter la fraîcheur de la nuit.

— Eh bien ! tu l'as échappé belle, dit l'Espagnole en ricanant; un peu plus, toi aussi, tu mordais la poussière, c'était à ton tour de te casser quelque chose.

— Que tu es méchante, Joanna ! et que t'ai-je donc fait pour que tu me détestes ainsi? répondit Hélène; j'aurais tant souhaité que tu voulusses m'aimer un peu !

— Moi, t'aimer? Ah! jamais, cela jamais ! s'écria Joanna violemment; et pourquoi veux-tu que je t'aime? Est-ce parce que tout le monde ici te fête comme si tu étais une merveille, ou bien encore parce que tu as pris ma place dans toutes les représentations pour qu'on n'ait même pas la peine de s'apercevoir de mon absence?

Hélène se serra dans son châle, toute frissonnante de douleur et incapable de répondre.

— Je te connais maintenant, menteuse, hypocrite, continua l'Espagnole, dont la fureur semblait extrême; tu m'as jouée avec tes airs de douceur et de compassion; tout cela, c'étaient des grimaces : ce que tu voulais, c'était me supplanter, car moi aussi, j'avais des succès; moi aussi, j'étais applaudie de tous; mais prends garde à toi, vilaine sorcière blonde, je sais me venger, je suis forte maintenant et je vais reprendre ma place, prends garde à toi.

— Je t'en prie, Joanna, ne me dis pas tout cela, tu me fais trop de peine, dit Hélène, dont la voix tremblait; la colère t'aveugle, mais tu sais bien que ce n'est pas vrai; si j'ai voulu te remplacer dans les représentations, c'est pour.....

— Ah! tu viens me reprocher maintenant ce que je mange! C'est trop fort, mais sois tranquille, je vais le gagner, je ne te devrai plus rien : combien faudra-t-il te payer pour

6.

ma pension chez toi et pour les vieux croû-
tons de pain que tu me donnes?

— Assez, dit Hélène, en se redressant subitement assez; puisque que tu as des sentiments pareils, je me sépare de toi, je ne te
connais plus, va où tu voudras. Mouton,
viens avec moi, ajouta-t-elle en se retournant
vers le chien, dont les yeux intelligents allaient
de l'une à l'autre avec un regard craintif.

— Mouton ne te suivra pas si je ne lui
permets pas; il ne t'aime plus, lui aussi connaît sa vraie maîtresse; essaie-le donc, si je
lui défends de bouger, de le faire arriver près
de toi. Ici, Mouton, ici, dit-elle d'une voix
rude, la main levée sur le chien, qui se coucha
à ses pieds en rampant.

— Mouton, Mouton, viens, cria Hélène,
haletante, toi au moins ne m'abandonne pas!...

— Il ne viendra pas, tu peux t'en aller
seule, dit Joanna triomphante, avec un rire
cruel; tu le vois il ne bouge pas, c'est moi
qui suis sa maîtresse.

— Puisque je n'ai plus rien au monde, il
vaut mieux en finir tout de suite, s'écria
Hélène, affolée de douleur, et prenant sa
course, elle disparut dans l'ombre poursuivie
par les éclats de rire stridents de la méchante
Joanna.

Onze heures venaient de sonner et le port était solitaire, éclairé seulement par les faibles lueurs de quelques falots attachés aux barques de pêche. Hélène, qui avait en courant, comme prise de vertige, traversé les rues de la ville, s'arrêta devant un des parapets; l'air frais de la mer la dégrisait et son angoisse devenait moins douloureuse ; c'était donc là qu'elle pouvait en finir, là que pouvaient se terminer brusquement tous les maux de la vie; quelques minutes de souffrances et puis la fin de tout pour cette vie, mais ensuite !... Quel réveil devant le tribunal de Dieu !...

Elle frissonna à cette pensée et recula lentement. Le passé se déroulait devant elle avec toutes ses phases; son enfance maladive, ses heures cruelles d'apprentissage, où il avait fallu souffrir sans oser se plaindre, pour savoir son métier ; puis ce temps d'arrêt, ces quelques mois de Lazères, où tout était douceur, espérance et joie; elle revit ces jours tranquilles de préparation à sa première communion, et enfin ce jour béni où elle avait été si heureuse entre Alice et sa bienfaitrice.

Puis ce lendemain affreux où il avait fallu partir, et depuis, cet abandon, qui lui faisait encore saigner le cœur, plus que tout le reste : ses doigts tremblants cherchèrent la médaille que ses amis lui avaient passée au cou, au moment des adieux, et qui ne l'avaient jamais quittée, mais elle la repoussa bientôt avec colère, la résignation était encore loin de son âme.

— Dieu n'a pas pitié de moi, murmura-t-elle sourdement, tous m'abandonnent, même mon chien ! Que fais-je en ce monde, si ce n'est souffrir sans espérance?

Toute à ses douloureuses pensées, Hélène avait atteint l'embarcadère du port ; une ombre qui se projetait dans l'eau la fit se retourner ; Mouton, échappé sans doute des mains de Joanna, était près d'elle ; sa vue rendit à la petite fille toute sa fureur.

— Va-t-en, va-t-en ! mauvais chien, infidèle ami, va-t-en avec l'autre, puisque tu la préfères, s'écria-t-elle, dans un transport de rage ; je ne te veux plus avec moi, je te déteste !....

Et comme le pauvre chien, la queue basse, l'air désolé, ne reculait pas, Hélène bondit sur lui et lui donna un si violent coup de pied qu'elle chancela. Mouton s'éloigna en poussant un hurlement plaintif, mais ce hurlement fut couvert par un cri de détresse : Hélène, en glissant, venait de tomber à la mer et elle disparut emportée par une vague.

Sans les voir, l'enfant s'était trop rapprochée des marches de l'embarcadère, un faux mouvement l'avait précipitée dans l'eau, et roulée par les vagues, à demi suffoquée, elle allait être entraînée au loin, lorsque, par un hasard providentiel, sa petite robe se trouva accrochée par une chaîne amarrant une des barques de pêche qui se trouvaient là. Instinctivement ses mains cherchèrent ce point d'appui et s'y accrochèrent avec la force du désespoir. Cependant le froid la gagnait et les efforts inutiles qu'elle avait faits pour arriver jusqu'à la barque l'avaient épuisée, ses appels désespérés étaient restés sans réponse, son cœur se serra, il ne lui restait plus qu'à mourir.

— Mon Dieu, mon Dieu, ayez pitié de moi, murmura-t-elle d'une voix éteinte, pardonnez-moi mes fautes et recevez-moi dans votre miséricorde !

Déjà ses doigts engourdis se desserraient et étaient au moment de lâcher la chaîne, lorsqu'elle se sentit saisie par ses jupes et violement soulevée ; Mouton, penché hors de la barque, cherchait à l'attirer à lui.

Le bon chien, en entendant le cri de sa petite maîtresse, avait bravement sauté dans l'eau ; séparé d'elle un instant par la violence des vagues, il l'avait cependant rejointe à la nage, et grimpé dans la barque, où il se sentait en sûreté, il voulait l'y mettre avec lui.

Grâce à l'aide de son chien, Hélène put se soulever et escalader le pont de la petite barque.

Là, reprenant haleine, son premier mouvement fut de se jeter à genoux pour remercier Dieu de l'avoir si miraculeusement sauvée; elle avait vu la mort de trop près pour ne pas comprendre tout ce qu'avait d'impie et d'insensé son désir d'en finir avec les misères de la vie, puis, baisant sa médaille et passant un bras caressant autour du cou de Mouton, qui léchait ses vêtements mouillés et se pressait contre elle, comme pour la réchauffer transie de froid et d'émotion, elle tomba évanouie au fond du bateau.

VI

L'hôpital de Gênes.

———

Le grand hôpital de Sainte-Catherine de Gênes était tout en fête; les lits des malades avaient été refaits avec soin, les parquets étaient reluisants, les murs éclatants de blancheur et les visages à l'aspect souffrant, maladif, que l'on apercevait partout, semblaient plus confiants, plus rassurés : l'archevêque était venu visiter les salles et apporter à tous une parole d'espérance et de consolation.

Sa Grandeur était restée longtemps dans une petite chambre blanchie à la chaux qui se trouvait au fond des longues salles ; là, la tête soulevée par deux oreillers, reposait

Hélène Bourgeons. On aurait pu la croire morte si un léger souffle qui s'échappait de ses lèvres pâles et desséchées n'eût prouvé qu'elle respirait encore. Ses beaux cheveux dorés, en désordre autour de sa tête, lui formaient une auréole brillante, et faisaient ressortir plus encore la pâleur extrême de son visage.

L'archevêque se pencha vers elle avec intérêt et lui donna sa bénédiction.

— C'est bien là la petite Française dont vous m'avez parlé, sœur Marthe? demanda-t-il en se retournant vers la religieuse qui se tenait au pied du lit.

— Oui, Monseigneur, c'est bien elle; voilà trois semaines qu'elle est sans connaissance ; elle ne paraît pas souffrir, mais ses forces déclinent visiblement et elle ne pourra pas résister longtemps à cet état de prostration qui la mine.

— Pauvre petite ! Et personne n'est venu la réclamer, personne ne s'inquiète d'elle?

— Les marins qui nous l'ont portée le matin, après l'avoir trouvée évanouie dans un bateau, nous ont dit que c'était vraisemblablement une enfant de la troupe du cirque qui donnait pendant les foires de Gênes des représentations. En effet, dans la journée, un

homme de cette troupe, se disant le père de
cette enfant, est venu la voir ; il a juré horriblement en la trouvant dans ce malheureux
état et a paru exaspéré en apprenant qu'il n'y
avait que peu d'espoir de la sauver ; il est
enfin parti en disant : « Je suis perdu, je suis
perdu !... qui est-ce qui me fera vivre maintenant ? » Nous ne l'avons plus revu ; avec lui
était une petite fille à peu près de l'âge de
celle-ci, mais aussi brune qu'elle est blonde ;
elle a beaucoup pleuré près du lit en la regardant. Je lui ai demandé quel était le nom de
cette enfant, si c'était sa sœur ; je n'ai pu en
obtenir une réponse ; elle gardait au milieu de
ses sanglots un silence farouche. Trois jours
plus tard, le directeur du cirque a écrit à
l'administrateur pour le prévenir qu'il ne se
chargeait en rien des frais occasionnés par
la maladie d'Hélène Bourgeous, — c'est ainsi
qu'elle s'appelle, — mais que si elle revenait à
la vie, on pouvait la lui renvoyer à Milan, où
il comptait passer trois mois. Voilà tout ce
que nous savons, Monseigneur ; la pauvre petite ne reprendra probablement pas son triste
métier.

— On a bien fait tout ce que l'on a pu, n'est-
il pas vrai, pour essayer de la réveiller de ce
dangereux étourdissement ?

7

— Oui, Monseigneur : tout ce que la science a en son pouvoir a été essayé, l'état reste le même.

— Que Dieu la prenne en pitié et la reçoive dans son paradis, dit le prélat en se penchant de nouveau et en traçant une croix sur le front de l'enfant ; elle a peut-être bien souffert dans sa courte et pénible existence, espérons que tout cela lui sera compté ! Soignez-la toujours avec le même dévoûment, ma sœur, bien que tout espoir semble perdu ; en votre qualité de compatriote, elle doit vous intéresser doublement.

Comme l'archevêque sortait de la petite chambre en bénissant la religieuse, un léger mouvement dans le lit d'Hélène la fit se retourner, la petite fille, assise sur son séant, les yeux à demi-ouverts, jetait autour d'elle un regard indécis.

— A boire, demanda-t-elle d'une voix faible.

Sœur Marthe tressaillit : c'était la première parole que prononçait l'enfant ; elle la soutint et approcha de ses lèvres un breuvage fortifiant.

— Où suis-je ? demanda encore Hélène, qui semblait revivre.

— Chez des amis, calmez-vous, reposez-vous, dit tendrement la sœur en la couchant sur ses oreillers. Dieu veut vous guérir, laissez-le faire et ayez confiance en lui.

Hélène, qui paraissait comprendre, referma les yeux. Un sommeil, réparateur, cette fois, l'avait reprise, et l'interne de service, en la voyant le soir, annonça qu'à moins d'une complication qu'il ne prévoyait pas, elle était sauvée.

En effet, deux jours après, Hélène, encore bien faible, bien pâle, mais désormais hors de danger, écoutait la sœur, qui, assise auprès d'elle, lui racontait son arrivée providentielle à l'hôpital. « Deux marins partant avant le jour pour la pêche l'avaient trouvée couchée comme morte au fond d'une barque ; un gros chien était blotti contre elle et semblait vouloir essayer de la réchauffer. Il l'avait vigoureuse-ment défendue lorsque les marins voulaient l'enlever et il les avait poursuivis en hurlant jusqu'à la porte de l'hôpital. »

— Pauvre Mouton ! dit Hélène en soupirant. C'est lui qui m'a sauvée ; je me souviens de tout maintenant, et j'avais été cependant si méchante pour lui ! Mais il m'aimait tant ! Il est parti maintenant, parti lui aussi avec les autres ?

— Non, répondit la sœur en souriant, il est

là, toujours là, près de la porte, guettant si vous allez enfin sortir ; personne n'a pu le déloger du coin de la cour où il a élu son domicile, et les internes, qui sont touchés de sa fidélité, le font nourrir avec soin.

— Mouton, Mouton est là ? Oh ! laissez-le venir, s'écria Hélène d'une voix suppliante en se soulevant malgré sa faiblesse ; je serais si contente de le voir, ne serait-ce qu'une minute ! nous nous aimons tant, mon chien et moi ! Ma sœur, croyez-vous qu'on lui permette d'entrer, dites-moi, le croyez-vous ?

— Il faut le demander vous-même au médecin-chef qui va venir vous voir ; il s'intéresse à vous, et peut-être fera-t-il une exception à la règle en votre faveur. Jamais les chiens n'entrent ici, je dois vous le dire ; mais celui-là est un animal si extraordinaire… !

— Ah ! ma sœur, si vous connaissiez Mouton, dit Hélène, à laquelle la joie de revoir son fidèle ami redonnait des forces, si vous saviez tout ce qu'il a fait pour moi, comme il m'a souvent consolée !… Lui seul ne m'a donc pas abandonnée !…

— Ne soyez pas ingrate, répondit la religieuse doucement. Dieu d'abord s'est montré pour vous un véritable père, c'est lui qui a

permis que vous ne périssiez pas misérable-
ment dans cette petite barque, c'est lui qui
vous a fait porter ici, où l'on vous soigne et
où l'on vous aime beaucoup. Puis votre père
est venu vous voir le jour même de votre
accident, il ne pouvait pas rester près de
vous, vous le savez bien, et abandonner un
métier qui le fait vivre. Votre sœur est aussi
venue.

— Ma sœur? dit Hélène étonnée.

— Oui, votre sœur ou une amie peut-être,
une petite fille très brune, avec de grands
yeux noirs; elle a pleuré pendant plus de
deux heures, penchée sur votre lit, ne pouvant
pas vous perdre de vue; son chagrin faisait
pitié; celle-là aussi devait vous aimer tendrement.

Hélène regardait la religieuse avec un étonnement croissant : était-ce donc Johanna qui
était venue la voir, cette Johanna qui l'avait
tant fait souffrir, elle qui avait été cause de son
accès d'horrible désespoir?

La petite fille essayait en vain de comprendre, mais son cœur, encore inaccessible
aux sentiments d'oubli et de pardon, se révoltait au seul souvenir de l'Espagnole.

Le médecin, qui venait faire sa visite quoti-
dienne, interrompit la conversation La cause

de Mouton, plaidée chaleureusement par Hélène et appuyée par la bonne sœur Marthe, fut
gagnée assez facilement, et un interne envoyé,
pour le chercher, le ramena en triomphe.

Mouton avait suivi docilement l'interne
jusqu'à la porte de la grande salle ; mais là,
flairant l'air, il s'arrêta brusquement, poussa
une sorte d'aboiement joyeux et, sans rien
écouter, bondit comme un fou et se précipita
sur le lit d'Hélène ; blotti contre la petite fille,
essayant de se faire pardonner son audace, il
caressait de sa grosse langue la figure éma-
ciée de l'enfant et poussait de petits gémissements de joie ; Hélène, pleurant d'attendris-
sement, avait passé les bras autour du cou
de son ami et semblait ne plus pouvoir s'en
séparer.

— Allons, voilà un camarade qui va nous
aider à vous guérir plus vite que je ne l'espé-
rais, dit le médecin, qui avait assisté en souriant à toute cette petite scène ; mais il ne faut
pas abuser de vos forces ; aujourd'hui votre
ami va se tenir là-bas, bien tranquille, et il
se rendra digne, j'espère, par sa sagesse de
l'honneur qu'on lui a fait en l'admettant à
l'hôpital.

Sur un signe d'Hélène, le docile Mouton
descendit du lit et alla se coucher dans un

coin ; de là il pouvait voir sa petite maîtresse, la garder fidèlement, cela allait lui suffire pour tout le temps de la convalescence et, grâce aux bons soins de la religieuse, cette convalescence marchait assez vite. Les joues pâles d'Hélène commençaient à se teinter d'un rose délicat ; elle se levait chaque jour et, assise sur une petite chaise placée près de la fenêtre, appuyée sur Mouton, elle passait de longues heures dans une tranquillité complète; mais son visage triste ne se déridait pas, et lorsque la sœur Marthe, après avoir fini son service près des autres malades, venait la re- trouver pour la faire causer un peu, elle levait sur elle de grands yeux indifférents et froids, pas un mot du passé ne sortait de ses lèvres, et aux premières questions de la sœur elle s'était raidie brusquement.

— Je suis une enfant du cirque, mon métier est de sauter sur un cheval pour amuser le public, ma mère est morte, mon père vivait près de moi, avait-elle répondu d'un ton glacé.

Comment arriver à en savoir davantage ? Que s'était-il passé dans cette jeune vie pour faire de cette enfant un être insondable, à un âge où, d'ordinaire, tout est expansion et con- fiance ? Dieu seul pouvait, en pénétrant cette âme, la forcer à livrer son secret ; aussi, sous mille prétextes, la bonne sœur essayait-elle de la rapprocher de Celui qui console toutes les douleurs.

Maintenant qu'elle reprenait des forces, on la laissait se promener un peu dans la maison ; sœur Marthe l'envoyait souvent à la chapelle : tantôt c'était une fleur à y porter, tantôt un livre de prières oublié dans une stalle à aller chercher. Hélène obéissait sans rien dire, mais revenait aussitôt avec un air indifférent. Les cérémonies du dimanche paraissaient l'ennuyer, ses lèvres ne murmuraient aucune prière et le temps passait. Déjà deux fois le médecin avait dit en examinant l'enfant que sous peu elle serait libre d'aller rejoindre sa famille, et l'on voyait bien que ce n'était que par pure condescendance qu'il la gardait encore ; mais cela ne pouvait durer, il fallait faire de la place à d'autres.

Hélène allait donc repartir sans avoir ouvert et épanché son âme ; la seule émotion qu'elle eût manifestée depuis son retour à la vie avait été sa joie de revoir son chien, et dans ce moment de crise, la sœur avait deviné quel trésor de tendresse renfermait ce pauvre petit cœur. Elle priait ardemment pour l'enfant, et elle eut un jour une inspiration toute divine.

Comme Hélène, plus triste encore que de coutume, se penchait à sa fenêtre pour mieux voir les passants, elle lui prit doucement le bras.

— Êtes-vous fatiguée? demanda-t-elle.

— Non, ma sœur, je suis bien, trop bien, ajouta Hélène tout bas.

— Alors venez avec moi, je dois aller faire ma visite à sainte Catherine, et je serais heureuse de vous y mener aussi.

Hélène se leva, d'un signe renvoya Mouton, qui voulait l'accompagner, et suivit la religieuse.

Une ombre mystérieuse régnait déjà dans la chapelle, et la tribune où sont les reliques de la sainte n'était éclairée que par les lampes qui brûlent jour et nuit devant son corps. Hélène, pénétrée par cette atmosphère de prière et de paix, s'agenouilla très émue près de la sœur, qui commençait à réciter les litanies de la sainte.

« Sainte Catherine, priez pour nous, disait-elle. — Vous qui avez tant souffert, priez pour nous !

« Vous qui, pendant dix ans, avez été traitée en étrangère dans votre propre maison, donnez-nous la résignation pour supporter patiemment les épreuves de la vie ?

« Ayez pitié des malades, de ceux qui souf-
frent, de ceux qui sont sans espérance ; secou-
rez les pauvres pécheurs ; tendez une main
secourable à la veuve et à l'orphelin !

« Ayez pitié des douleurs de l'âme, vous
qui, pendant votre vie, avez passé en faisant
le bien !

« Que tous trouvent en vous une mère, une
amie !

« Que tous les cœurs se rapprochent du
vôtre, et que là, ils aient la consolation et l'appui qui leur fait défaut partout ailleurs !

« Que personne ne puisse dire : « Je suis
« seul au monde, mais confiant dans votre
« puissante protection... »

Un bruit de sanglots interrompit brusquement sœur Marthe. Hélène avait glissé par
terre et pleurait convulsivement, prosternée
sur le parquet de la chapelle.

— Mon enfant, ma pauvre enfant, qu'avez-
vous? s'écria la sœur, effrayée de ce désespoir
subit, et essayant de relever Hélène ; mais la
petite fille résistait violemment...

— Je vous en supplie, mon enfant, dites-
moi ce que vous avez. Vous me faites souffrir
avec ce silence farouche ; pourquoi ne voulez-vous pas ouvrir votre cœur à une amie?
Ne voyez-vous donc pas que je m'intéresse à

vous, que je voudrais vous voir heureuse, tranquille, et vous ne l'êtes pas?

— Je veux tout vous dire, tout vous raconter, ma sœur, dit enfin Hélène, qui suffoquait. Pardonnez-moi ma froideur, mais je suis si peu habituée à ce qu'on me montre de l'intérêt, que je ne pouvais y croire.

— Ma pauvre petite, dit sœur Marthe en la serrant dans ses bras, voilà donc sainte Catherine qui a fait encore un miracle; remercions-la ensemble, et venez, cette émotion prolongée peut vous faire du mal.

— Oh! non, cela fait du bien de pleurer; au contraire, je vous en prie, ma sœur, laissez-moi encore ici un instant. Il me semble que Dieu a enfin pitié de moi.

Mais sœur Marthe redoutait pour Hélène une trop longue crise de larmes, et, voyant que l'enfant, appuyée contre l'autel, pleurait toujours, elle la souleva doucement et l'emmena avec elle.

Arrivée dans sa petite chambre, Hélène raconta toute son histoire : ses années d'enfance si pénibles par leur rude travail; l'arrivée de Mme de Molney au cirque, ces six mois de séjour chez elle, avec ses tendresses de mère et ses soins si affectueux : tout cela était des souvenirs inoubliables pour l'enfant. Elle parla

du jour radieux de sa première communion,
suivi si promptement de la séparation douloureuse, et puis plus rien, plus un mot de sa
bienfaitrice ; pendant bien des mois, elle lui
avait écrit ses regrets, ses peines, ses fatigues, et pas une ligne de consolation, de pitié,
qui l'eût cependant tant soutenue. Elle parla
un peu de son père, si indifférent pour elle,
de sa sœur Rose, dont on avait perdu les
traces, et finit par l'histoire de Johanna, en
donnant de grands détails sur la petite Espagnole.

— Si elle, au moins, avait pu m'aimer ; si
j'avais trouvé en elle une compagne, une
sœur, j'aurais supporté mon sort avec courage !... Mais non,... rien !... Ah ! ma sœur,
que c'est triste de vivre ainsi toujours au milieu d'étrangers méchants et jaloux !...

— Notre-Seigneur vous donne une petite
partie de sa croix ; ne la repoussez pas, chère
enfant. Johanna vous aime, croyez-le bien ;
pourquoi, sans cela, aurait-elle tant pleuré
près de votre lit, quand elle vous voyait
mourante? La jalousie l'aveugle, mais, au
fond, elle vous est reconnaissante de ce que
vous avez fait pour elle. Et vous, mon enfant, lui pardonnez-vous ce qu'elle vous a fait
souffrir ?

Hélène tressaillit. réfléchit un instant.

— Oui, je lui pardonne, dit-elle enfin.

— Du fond du cœur ?

— Du fond du cœur ; je veux même essayer de la convertir à force de douceur et d'affection, lorsque je la reverrai.

Sœur Marthe sourit.

— Ce serait une bonne œuvre ; mais nous devons tous nous convertir, n'est-il pas vrai ? et vous y travaillerez aussi pour vous-même, maintenant que vous avez retrouvé le chemin du Bon Dieu ; je prierai bien pour vous, et je ne vous oublierai jamais. Le croyez-vous, Hélène ?

La petite fille prit la main de la religieuse, qu'elle baisa tendrement.

— Je le crois, ma sœur ; vous avez été si bonne pour moi pendant toute cette maladie, si patiente pendant ma convalescence, malgré mon humeur désagréable. Aussi, quel chagrin encore de vous quitter ! Je sens bien que je ne puis pas rester dans cet hôpital, maintenant que je suis remise.

— Il est probable, en effet, qu'on vous donnera votre congé sans tarder ; mais il y aurait peut-être un moyen de tout arranger. J'ai déjà pensé à une combinaison qui vous ferait rester près de nous, si vous ne tenez pas absolument à reprendre votre vie un peu aventureuse. Je connais, à Gênes, plusieurs familles influentes; en les intéressant à votre sort, on pourrait vous faire entrer dans notre orphelinat, et ainsi, vous ne nous quitteriez plus. Votre père vous ayant à peu près abandonnée, il n'y aurait aucune difficulté pour votre admission.

La petite fille rougit subitement, et un éclair joyeux passa dans son regard.

— Ah! si cela était possible, quel bonheur! s'écria-t-elle... Mais sa joie tomba subitement.

Non, je ne puis pas; je ne dois pas rester. On ne gagne rien, n'est-ce pas? à l'orphelinat; je veux dire qu'on ne reçoit jamais d'argent? demanda-t-elle timidement.

— Non, les orphelines ne sont pas payées; on se charge de tout leur entretien, mais elles ne reçoivent aucun salaire avant leur majorité.

— Eh bien! ma sœur, je ne puis pas rester, dit Hélène courageusement; c'est moi qui suis le gagne-pain de mon père; je ne dois pas l'abandonner, maintenant qu'il est vieux et affaibli. On ne le garderait pas tout seul dans le cirque; je dois donc y revenir à cause de lui, et y revenir vite. On l'a peut-être déjà renvoyé, car, ajouta-t-elle en soupirant, là-bas, voyez-vous, ma sœur, on ne nous garde pas par charité, et l'on se débarrasse vite de nous, si nous ne pouvons plus gagner notre vie.

— Vous êtes une bonne fille ; je suis heureuse de vous voir ce courage. Dieu vous bénira, Hélène, et, si vous le servez comme il faut, il jettera au milieu de votre vie un peu rude de grandes consolations. Songez au bien que vous pouvez faire autour de vous ; vous avez une raison au-dessus de votre âge, profitez-en pour devenir une apôtre dans votre entourage.

Hélène s'était appuyée de nouveau sur son lit et pleurait doucement. La sœur la quitta, voulant laisser à ses bonnes et courageuses résolutions le temps de s'affermir.

Mais l'heure du départ était arrivée ; sœur Marthe avait arrangé dans une petite caisse tout un trousseau destiné à l'enfant. La bonne sœur avait su intéresser à sa petite amie les dames bienfaitrices de l'hôpital, aussi les cadeaux étaient arrivés en foule. Monseigneur, lui-même, venait d'envoyer un chapelet de corail et une belle croix également en corail. Une petite bourse bien garnie lui avait été remise, et, le cœur oppressé, les yeux pleins de larmes, Hélène, accompagnée de la sœur, se dirigeait vers la gare. Mouton les suivait, avec sa placidité docile.

En passant devant un magasin de soieries, Hélène s'arrêta brusquement.

— Voyez ce beau foulard, dit-elle en montrant à la sœur un carré de soie brillante ; est-ce que vous croyez qu'il est bien cher ?

— Pourquoi me demandez-vous cela, vous désirez l'acheter ? Il me semble que vous n'en auriez pas grand besoin.

— Oh ! ce n'est pas pour moi, reprit Hélène en rougissant ; grâce à vos bontés, ma sœur, il ne me manque plus rien ; mais je crois qu'il ferait grand plaisir à Johanna. Je me rappelle que nous sommes passées ensemble devant ce magasin, et qu'elle est restée en admiration devant un foulard tout semblable à celui-ci ; dans ce temps-là, nous n'étions ni l'une ni l'autre assez riches pour l'acheter ; maintenant que je porte à mon père une belle pipe que l'infirmier m'a donnée pour lui, je voudrais lui porter quelque chose, à elle aussi.

La sœur serra la main de la petite fille, qu'elle tenait entre les siennes, et, sans répondre, entra dans l'élégante boutique. L'achat fut vite fait, car sœur Marthe avait un argument auquel peu de marchands résistaient. Elle disait d'une voix douce : « Et pour les

pauvres, Monsieur, ne feriez-vous pas encore
une petite réduction ? ». L'objet était toujours
donné à moitié prix, lorsqu'il n'était pas offert
généreusement en entier.

Hélène, en possession de ce beau fichu pour
Johanna, reprit sa route vers la gare, et, bien
qu'elle essayât de lutter contre son émotion,
ses larmes recommençaient à couler. Elle
avait quitté avec douleur cet asile des pauvres
et des malheureux, où elle retrouvait un peu
de cette affection dévouée dont elle était privée
depuis son départ de Lazères, et la pensée de
quitter sœur Marthe lui brisait le cœur.

— Adieu, ma pauvre enfant ; soyez forte,
soyez fidèle à vos bonnes résolutions, dit la
religieuse en l'embrassant une dernière fois.
Que Dieu vous garde, qu'il vous protège, et,
si nous ne nous revoyons pas ici-bas, don-
nons-nous rendez-vous là-haut, là où il n'y
aura plus ni larmes ni séparations.

Hélène n'eut pas la force de répondre ; mais
ses yeux parlaient pour elle et promettaient
tout ce que demandait la bonne sœur. Penchée
à la portière de son wagon, elle agita la main
tant qu'elle put apercevoir la cornette blanche
de sœur Marthe, et, s'asseyant enfin, elle eut
encore un moment de violent désespoir. De
nouveau, elle se voyait rejetée brusquement

dans les difficultés inséparables de son pénible
métier. Mouton, couché à ses pieds, qui la
regardait pleurer, en gémissant lui aussi, ap-
porta une sorte de distraction à son chagrin.

— Viens, mon chien, dit-elle en attirant sa
grosse tête sur ses genoux, ne te désole pas
de me voir pleurer ; je ne veux plus être si
triste et si malheureuse.

Ses larmes s'arrêtèrent peu à peu ; la bonne
semence que sœur Marthe avait jetée dans son
âme allait germer et produire bien des fruits
de vertu.

En arrivant à Milan, elle se dirigea vers les
boulevards extérieurs, où sans doute se trouvait
le cirque. En effet, elle aperçut bientôt sa
grande toile dressée. Il y avait probablement
une représentation dans la journée ; la musique se faisait entendre au loin. Hélène recula
encore ; la pensée de revoir Johanna, d'avoir
à subir peut-être une scène de colère et de jalousie, ou d'avoir à souffrir encore de son indifférence, lui fit peur. Elle avait besoin de
forces nouvelles, aussi chercha-t-elle des yeux
une église pour y prier un instant. Marchant
au hasard, elle arriva à Saint-Ambroise. Là,
prosternée dans l'antique monument, dont elle
ne songeait guère à admirer les merveilles,
elle pria longtemps et se releva enfin toute

consolée, toute rassurée. Désormais, son cœur soumis saurait où trouver les vraies consolations.

Comme elle sortait de l'église, au détour d'une rue, elle étouffa un cri de surprise : Johanna était à quelques pas d'elle. La petite Espagnole marchait les yeux baissés, l'air ennuyé et triste, serrée dans un mince petit châle ; son aspect misérable faisait mal à voir.

Hélène, très émue, s'avança vers elle, tandis que Mouton, qui, lui aussi, l'avait reconnue, essayait de se cacher derrière sa petite maîtresse.

L'Espagnole, en les voyant, eut un geste de stupeur et recula instinctivement.

— Comment, Johanna, tu ne veux pas me dire bonjour ! dit Hélène en s'avançant vivement et en lui tendant les bras. Je suis si contente, moi, de te revoir !

Johanna, interdite, ne répondait pas.

— Tu me croyais donc morte, puisque tu es si étonnée en me retrouvant, dit encore Hélène en essayant de rire. Allons, embrassons-nous, oublions le passé ; c'est lui qui est bien mort, vois-tu bien !... Maintenant, regarde ce que je te porte. Tu te souviens de ce beau foulard que tu désirais ? Je l'ai acheté pour toi,

continua-t-elle en dépliant sa brillante soie ;
puis je te donnerai aussi une belle croix de
corail, que m'a envoyée l'archevêque de Gênes,
afin que tu puisses la mettre à ton cou, pour
les représentations ; elle est bénite ; elle te pré-
servera de tout accident.

Tout en parlant, elle serrait doucement
Johanna dans ses bras. La petite Espagnole,
dont la nature emportée et jalouse n'était pas
foncièrement mauvaise, fut vaincue par tant
de douceur.

— Pardon, pardon, murmura-t-elle tout
bas, en embrassant enfin Hélène ; comme tu
es bonne ! Comment peux-tu m'aimer encore,
moi qui t'ai fait tant souffrir ?

— Cela, c'est mon secret ; je te le dirai, si
tu veux faire comme moi. Je t'en ai beaucoup
voulu, c'est vrai ; mais tout est oublié. Viens
donc ici, Mouton, dit-elle en se retournant
vers le chien, qui, prudemment, n'avançait
pas vers son ancienne persécutrice ; tu es à
nous deux, tu le sais bien ; que fais-tu là,
tremblant ? As-tu donc peur ?

Et, comme Mouton ne bougeait pas, elle le
poussa vers la petite Espagnole.

Johanna se pencha vivement pour embrasser le chien et pour cacher peut-être deux
grosses larmes de repentir, qui glissèrent sur

son épaisse toison. Hélène n'eut pas l'air de les voir.

— Et le père, comment va-t-il ? Il me croit morte, lui aussi, mais grâce à Dieu, je reviens forte, bien portante et très disposée à gagner sa vie et la mienne ; pauvre père ! De quoi aura-t-il vécu pendant que je n'étais pas là ?

— Il n'a manqué de rien, dit Johanna timidement ; on voulait d'abord le renvoyer parce qu'il ne peut presque plus faire l'ouvrage, mais j'ai dit au directeur que je te remplacerais, que je serais comme sa fille ; à cette condition, on l'a gardé, il a sa place au milieu de nous pour les représentations et il paraît quelquefois pour les pantomimes ; j'ai pu le nourrir jusqu'à présent et lui donner son tabac comme de coutume, mais il va être bien content de te revoir, car tu gagnes ici plus que moi, et il pourra reprendre les petits verres qu'il aime bien et que je n'étais pas assez riche pour lui fournir.

Hélène, qui avait écouté toute émue les paroles de l'Espagnole, lui sauta au cou.

— Ah ! Johanna, comme c'est bien ce que tu as fait là, comme je t'aime ! Tu vois bien que tu es bonne, toi aussi ! Tu as sauvé mon pauvre papa, sans toi il serait peut-être mort de misère dans quelque coin : entre nous, maintenant, il n'y aura plus de nuages, n'est-ce pas? plus de querelles; nous serons comme deux vraies sœurs désormais et tu verras comme nous serons heureuses !

Prenant le bras de l'Espagnole, Hélène l'entraîna vers le cirque, dont on apercevait au loin la toile blanche agitée par le vent.

VII

Frère et Sœur.

Le temps avait marché et avait apporté
avec lui son lot de tristesses et de joies, de
douleurs amères et de divines espérances.
Dieu, dans sa bonté, ne sépare jamais les
unes des autres dans la distribution qu'il en
fait aux âmes vraiment croyantes.

Mme de Molney l'avait éprouvé dans les
six années qui venaient de s'écouler : il y
avait eu des jours de larmes et de regrets,
bien des heures où le poids de la vie s'é-
tait douloureusement fait sentir; car, à côté
des joies que lui donnaient ses enfants, s'é-
tait trouvée pour elle la douleur de voir son
mari revenu des Indes avec le germe d'une

maladie incurable ; il s'était éteint lentement
sous ses yeux, sans qu'il y eût aucun soula-
gement à apporter à son état et aucun espoir
à garder pour une guérison plus ou moins
éloignée ; et que d'efforts il lui avait fallu
faire pour cacher au mourant ses inquiétudes
et son chagrin !

Alice et Roger ne s'en étaient jamais douté :
calme et sereine, elle avait ranimé la confiance
autour d'elle, et M. de Molney, encouragé sans
cesse, n'avait compris la gravité de son état
que le jour où une grande joie lui avait été
accordée.

Son fils, après un examen brillant, venait
d'être admis à l'école Polytechnique. Le soir
même le malade, trop faible pour supporter
cette émotion, fit appeler le vieux curé et eut
avec lui un long et émouvant entretien : il
voulait savoir si tout espoir était vraiment
perdu et ne s'en rapportait plus à sa femme,
qui pouvait si bien endormir ses inquiétudes ; deux jours plus tard il expirait, ayant
eu le bonheur de revoir son fils, accouru
en toute hâte sur une dépêche de sa pauvre
mère.

M. de Molney bénit affectueusement ses enfants, leur recommanda de suivre toujours
les conseils si sages de leur mère, et serrant

tendrement sa femme sur son cœur, il la remercia tout bas du dévouement actif et modeste qui avait régné en maître sur sa vie solitaire.

Mme de Molney eut une douleur profonde de la mort de son mari, mais elle ne transigeait jamais avec ce qu'elle croyait être son devoir : aussi, les premiers mois de son deuil passés, elle se décida à partir pour Pau, afin de faire achever à Alice, au couvent du Sacré-Cœur, une éducation difficile à perfectionner à la campagne.

La jeune fille avait tenu ce qu'elle promettait enfant : grande, élancée, d'une beauté sérieuse, un peu froide, elle était souvent comparée par ses compagnes à un lys à demi ouvert ; elle avait une manière à elle de parler, de porter la tête, et par sa distinction native, sans apparence de hauteur, elle rappelait sa mère, dont elle possédait le teint éblouissant. Ses grands yeux, d'un bleu pâle, avaient une pureté de regard incomparable et instinctivement tout ce qui lui semblait effleurer le mal la faisait reculer.

Ses premiers jours au couvent furent pour elle pleins d'étonnement et d'ennui ; perdue au milieu de ces grandes jeunes filles bruyantes, tourbillonnantes, elle ne savait où se cacher

8

lorsqu'une remarque flatteuse sur sa figure ou sur son air arrivait à son oreille.

Plus qu'ailleurs, peut-être, elle se sentait dépaysée, car le couvent du Sacré-Cœur de Pau, tout en étant admirablement composé, se recrute en partie dans la société étrangère qui peuple cette jolie station d'hiver, où l'on accourt de tous les points du monde ; de là, un mélange curieux qui place souvent sur le même banc la froide Anglaise auprès de la sémillante Espagnole ; mais ces fillettes font vite connaissance, et dès le lendemain elles sont amies : ne viennent-elles pas toutes chercher dans ces murs consacrés par le dévoûment les sages leçons et les forts principes qui font d'elles les vraies mères chrétiennes ?

Alice avait déjà quinze ans lorsqu'elle arriva au Sacré-Cœur : naturellement réservée et un peu froide, elle ne se liait pas facilement et fut longtemps à se faire à cette vie nouvelle ; mais habituée à obéir, on la cita bientôt pour son application et sa douceur, et deux ans plus tard elle quittait le couvent, chargée de couronnes et possédant plus d'instruction et de talent que les jeunes filles n'en ont d'ordinaire à cet âge.

Mme de Molney revint avec joie à Lazères, qu'elle n'habitait plus que pendant les vacances de ses enfants, et le château reprit l'air animé et confortable que savait si bien lui donner la mère de famille. Elle tenait à ce que ses enfants sussent se plaire chez eux plus que partout ailleurs, et avait le don d'embellir toutes choses pour le bien-être de tous, sans s'occuper d'elle-même : don précieux et rare, que possèdent seulement ceux qui savent s'oublier.

On était en plein mois d'août, et, malgré la chaleur intense qu'il faisait dès le matin, Alice, vêtue d'une robe de mousseline et abritée sous son large chapeau de paille, coupait à pleines mains des fleurs dans les massifs qui entouraient le château.

Roger avait écrit qu'il arriverait le jour même et elle voulait que tout fût fleuri pour le recevoir.

Bien que leurs caractères eussent gardé en grandissant les différences qu'ils avaient dans leur enfance, le frère et la sœur s'aimaient tendrement et souvent la douce gravité d'Alice avait été d'un grand secours contre les fougueuses entreprises du jeune homme et l'avait empêché de mettre bien des folies à exécution. Roger appelait sa sœur « ma sagesse » ou « ma raison », et tout en niant un peu son influence, il suivait toujours ses avis,

— A quelle heure croyez-vous qu'il puisse arriver, maman ? demanda-t-elle en entrant dans le salon, chargée de gerbes de fleurs.

— Mais, bientôt, mon enfant, le train passe à Maubourguet à dix heures et Bernard est déjà parti depuis longtemps pour le chercher.

— Alors, aidez-moi, je vous en prie, pour mes bouquets, chère maman ; je voudrais que mon frère retrouvât cet air de fête qu'il aime tant à voir à Lazères et je crains d'être en retard : mes fleurs d'avant-hier sont déjà fanées, c'est décourageant de faire des bouquets dans cette saison : comment faisiez-vous, maman ? Je me souviens d'avoir vu toujours des fleurs fraîches autrefois ici.

— Il n'y a qu'à les renouveler dès qu'elles se fanent, dit Mme de Molncy, qui s'était levée en souriant pour aider sa fille ; tu verras d'ailleurs comment il faut faire ; la pratique, pour cela, vaut mieux que toutes les théories : tu es maintenant chargée de diriger la maison, c'est un rôle plus difficile qu'on ne le pense généralement.

— Et pour lequel il faut s'oublier beaucoup soi-même, n'est-ce pas, maman ? Je crois que c'était là tout à la fois votre théorie et votre pratique, ajouta tendrement Alice.

Mme de Molney la regarda et, dans ce regard, parut tout son cœur de mère.

Les bouquets achevés, Alice finissait de les grouper artistement sur les tables, quand un bruit de grelots se fit entendre.

— Voilà M. Roger, dit en ouvrant la porte du salon une jeune femme de chambre qui n'était autre que Marianne, la petite paysanne entrevue à la foire de Maubourguet, et que Mme de Molney avait prise à son service, ainsi que son frère Bernard.

Roger arrivait en effet ; il jeta les rênes des chevaux à Bernard et sauta du break pour bondir dans les bras de sa mère.

C'était toujours le bon et loyal garçon d'autrefois, plein de feu et d'entrain.

— Maman, je suis sorti N° 3 de l'école, êtes-vous contente ? s'écria-t-il avec son rire éclatant ; j'ai voulu vous le dire moi-même et vous faire une surprise.

— Méchant enfant ! Moi qui craignais que tu eusses un mauvais rang ; tu ne m'en disais rien dans tes lettres et tu me laissais languir dans cette crainte, avec une si bonne nouvelle à m'annoncer ?

— C'est très mal, ajouta Alice, qui l'embrassait tendrement ; tu nous as rendues fort inquiètes ; maman et moi, nous n'osions pas en

8.

parler tant nous étions tourmentées l'une et l'autre.

— Comment, toi aussi, tu doutais de moi, ma petite sœur ? Et pourquoi n'aurais-je pas travaillé, s'il te plaît ?

... Oh ! comme tu es devenue jolie, depuis un an ! continuait-il avec cette mobilité qui était le fond de son caractère. N'est-ce pas, maman, qu'Alice est rudement jolie ?

— Tais-toi donc, tu es fou, dit Alice qui rougissait; viens te reposer au lieu de dire des sottises.

Roger, en entrant, regarda autour de lui d'un air heureux.

— Oh ! comme il fait bon ici, dit-il en se laissant tomber dans un fauteuil, comme c'est bon la maison, je voudrais y rester toujours !

— Et moi qui voulais te proposer de faire un petit voyage, mon cher fils; comment cela va-t-il s'accorder avec ton désir de ne plus bouger de Lazères ?

— Un voyage avec vous ? Où cela, maman ? Dites vite, s'écria Roger; je ne demande pas mieux, quand voulez-vous partir ?

— Allons, je vois que tu n'as pas changé, dit en souriant Mme de Molney, tu partirais aujourd'hui même si nous le désirions, malgré ton amour pour Lazères; enfin l'inconstance

est de ton âge, et comme ta sœur et toi mé-
ritez une récompense, j'ai pensé qu'un séjour
en Touraine au mois de septembre et un
voyage en Suisse vous feraient plaisir à tous
deux. Ma vieille cousine, Mme de Larence,
me demande depuis longtemps de venir la
voir, j'ai encore bien des parents et des amis
là-bas, et je serai heureuse de leur présenter
mes enfants.

Elle regarda avec un sentiment de légitime
orgueil le frère et la sœur, si charmants l'un
et l'autre.

Bien des douleurs et des sacrifices passés,
quelque pénibles qu'ils eussent pu paraître,
s'effaçaient en ce moment.

— D'ailleurs, ajouta-t-elle, nous ne pouvons pas partir encore ; j'ai promis à la
vieille Josette que tu conduirais à l'église
sa petite- fille Jeanne-Marie le jour de son
mariage, et cette dernière compte certainement vous voir danser tous les deux à sa
noce.

— Il faut la marier tout de suite, maman,
dit Roger, qui ne pensait plus qu'à son départ.

— Ce sera dans huit jours ; ainsi tu vois que
ta patience ne va pas être mise à une trop
longue épreuve.

D'ailleurs voilà Josette qui vient t'embrasser, elle désirait autant que nous te revoir.

Une vieille femme toute boitillante frappait à la porte du salon. En la voyant entrer, on reconnaissait vite le type de cette race de vieux et fidèles serviteurs qui tend malheureusement à disparaître. Mariée à un garde-chasse au service du père de Mme de Molney, elle habitait le château depuis sa jeunesse et avait perdu son mari, son fils et sa bru dans une épidémie de petite vérole. Jeanne-Marie, sa petite-fille, qui, à cette époque, était encore au berceau, était la seule qui lui restait de toute sa famille et c'était elle que Mme de Molney devait marier à un riche paysan des environs et installer dans une de sesfermes. Elle devait bien cela à Josette, qui avait consacré sa vie au service de ses chers maîtres ; elle avait pris soin de Roger et d'Alice pendant toute leur enfance et remplissait maintenant à Lazères les fonctions de femme de charge, aussi faisait-elle partie de la famille et en partageait-elle toutes les douleurs et toutes les joies. Elle voulait être une des premières dans la maison à revoir Roger, à le féliciter d'un succès dont elle ne doutait pas, il faut le dire, le jeune homme étant à ses yeux la perfection la plus accomplie qui eût encore existé.

— C'est toi, ma vieille Josette, dit Roger en l'embrassant ; tu veux savoir aussi si je m'en suis tiré avec honneur ?

—.Avec honneur ! Monsieur Roger, cela, j'en suis sûre !

— Voilà une confiance qui m'honore ; tu crois donc que j'ai réussi ? Eh bien ! grâce à Dieu, tu as raison, ma bonne Josette, je suis sorti n° 3.

— Voyez-vous cela ? Quelle intelligence ! dit Josette en se retournant vers Mme de Molney et Alice, qui souriaient ; c'est un garçon qui ira loin, je vous l'ai toujours dit.

— Avant d'aller si loin, je vais conduire Jeanne-Marie à l'autel la semaine prochaine, n'est-ce pas ? Tout est réglé pour cela ? Je suis toujours un peu pressé, tu le sais, et maman parle d'un voyage en Touraine et d'une excursion en Suisse ; tout cela me ravit ; il faut donc que Jeanne-Marie se dépêche de se marier. Tu verras comme je vais me faire beau pour ce jour-là ; le grand costume de l'école, plumet en tête, ce sera d'un effet splendide, et l'on me prendra au moins, j'espère, pour un général. Il y aura un grand dîner et un grand bal dans la futaie, n'est-il pas vrai, maman ? Jeanne-Marie est votre filleule, il faut très bien faire les choses.

— Sois tranquille, tout se passera bien, et nous ferons de notre mieux.

En effet, la noce de Jeanne-Marie fut des plus brillantes. La mariée rayonnait sous son voile de tulle blanc ; sa belle robe grise et son châle aux couleurs éclatantes étaient un cadeau de Mme de Molney. Alice avait voulu surveiller elle-même la pose du voile et de la couronne de fleurs d'oranger ; aussi, Jeanne-Marie, conduite à l'église par son jeune maître, souleva-t-elle un murmure d'admiration.

Au retour de la messe, le dîner, présidé par le jeune châtelain, fut des plus gais, et le bal, ouvert par Roger et sa sœur, faisant vis-à-vis aux mariés, commença sous un tonnerre d'applaudissements. Toute la jeunesse des villages environnants avait été invitée. et l'on dansa longtemps sous les grands arbres.

En se retirant, Roger glissa dans la main de Jeanne-Marie un petit rouleau d'or pour son entrée en ménage, ce qui fit rougir d'aise la petite mariée et dire à Josette, avec un peu d'humeur, que M. Roger ferait toujours des folies.

Rien ne s'opposait plus au départ pour la Touraine. Mme de Molney en fixa le jour, et chacun y songea avec impatience.

Alice ne rêvait plus qu'à la beauté d'un pays

appelé si justement le Jardin de la France, au
pèlerinage de Saint-Martin, aux parents qu'elle
allait connaître ; tandis que Roger, enchanté
de changer encore de place, se disait qu'il aurait à s'occuper de sa mère et de sa sœur et à
les protéger : ce rôle d'homme utile, qu'il allait
remplir pour la première fois, le ravissait tellement que Mme de Molney l'accusa en plai-
santant de leur souhaiter quelques aventures
tragiques pour avoir l'occasion de déployer
son zèle. Le jeune homme s'en défendit fai-
blement, il n'était pas sûr de ne point l'avoir
pensé.

VIII

En Touraine.

Le mois de septembre, toujours si cher aux
Tourangeaux. et si vanté, commençait, cette
année-là. d'une façon exceptionnellement belle.
Les chaleurs rudes et un peu fatigantes d'août
avaient été remplacées par une température
plus fraîche, grâce à quelques pluies d'orage.
On chassait à force le lièvre et le lapin dans
les taillis gardés. Les réunions du soir étaient
des plus brillantes dans les châteaux du voisinage, et les samedis de Tours si élégam-
ment suivis que, bien que les foires fussent
achevées depuis la fin du mois d'août, une
partie des baraques arrivées à cette époque y
étaient encore. Les quais étaient couverts de

voitures de saltimbanques, de charrettes de diseuses de bonne aventure ou de femmes géantes. Le grand mail de l'arracheur de dents et le cirque Calvani brillaient d'un éclat spécial au milieu de tout le reste et attiraient toujours une affluence considérable : l'un par sa blague endiablée, l'autre par l'habileté de ses écuyers et de ses écuyères et par la série d'exercices variés qu'il offrait au public.

Le jour commençait à baisser ; il était près de sept heures ; deux jeunes filles assises sur un banc, au bord de la jetée, causaient amicalement ; l'une d'elles, blonde, très jolie, les pieds appuyés sur un gros chien blanc couché devant elle, parlait avec animation ; tandis que l'autre, brune, fraîche, aux yeux noirs étincelants, la tête penchée en arrière, comme pour respirer plus librement l'air du soir, écoutait sa compagne en souriant.

— Je t'assure, Johanna, disait la première, que tu as tort de le refuser ; c'est un brave homme qui te rendra heureuse ; il a, il est vrai, presque le double de ton âge, mais c'est un bon chrétien, qui remplit ses devoirs ; où retrouveras-tu cela dans notre monde ? et quelle garantie pour ton bonheur !...

— Tu as raison, comme toujours, Hélène, et, veux-tu que je te l'avoue ? je crois que je

dirais oui tout de suite si je ne trouvais à ce
projet de mariage un inconvénient sur lequel
je ne me décide pas à passer.

— Quel est-il? demanda Hélène en se penchant vers elle.

— Tu ne le devines pas?

— Je ne vois pas trop ce qui t'arrête, reprit
Hélène, qui éludait la question. Le métier de
M. Jonas Bayle est très lucratif, à ce qu'il paraît. M. Calvani assure qu'il a déjà vingt mille
francs placés ; vous n'aurez donc pas besoin
de courir toute votre vie les grands chemins,
comme bien d'autres qui vivent au jour le
jour. Toi, tu n'auras à faire là que les recettes,
et tu pourras être tranquille. En somme, si
l'individu en lui-même te paraît réunir les
qualités que tu désires, je ne vois pas pourquoi tu le refuses, à moins que tu ne craignes
que, par amour de son art, il ne veuille aussi
t'arracher les dents, les arrachant avec tant
de dextérité à tout le monde, ajouta la jeune
fille, qui voulait dérider son amie.

— Tu te moques de moi, Hélène ; tu sais
très bien ce que je veux dire, ce que je pense ;
tu sais ce qui me désole : c'est de te quitter,
de ne plus vivre de ta vie, de ne plus être
avec toi, ta sœur en un mot. Vois, depuis six
ans, ce qu'a été pour nous cette vie à deux,

des fatigues, c'est vrai, de la misère, pour
sûr, mais tout cela supporté pour l'amour de
Dieu, et de bon cœur, depuis que tu m'as appris à être bonne. Que ne te dois-je pas, Hélène? Et te quitter maintenant me paraît au-
dessus de mes forces !

— Allons ! pas d'enfantillages, dit tendrement Hélène; nous ne nous quitterons pas
tant que cela, tu verras ; d'ailleurs, puisque
M. Bayle trouve le moyen, depuis un an, de
suivre notre cirque, tu pourras lui faire continuer cette excellente habitude sans difficultés, je suppose. Nous vivrons donc ensemble,
presque comme par le passé : je serais heureuse de ton bonheur, et je n'aurais plus à
trembler pour toi. Tu sais que je ne m'habi-
tuerai jamais à te voir suspendue par les dents
au trapèze de la voûte du cirque, ou balancée
en l'air sans appui.

— C'est singulier, moi qui suis si à l'aise
là-haut ! Enfin, je ne serai cependant pas fâchée d'en descendre, c'est clair, et surtout de
vivre plus tranquillement; mais toi, ma sœur,
que veux-tu faire? Tu refuses tous les partis
qui se présentent, es-tu donc décidée à n'en
accepter aucun?

— Moi, dit Hélène, dont les beaux yeux
se levaient vers le ciel avec une expression

toute angélique, non, je ne me marierai jamais ; tant que mon pauvre père vivra, je
tâcherai d'entourer sa vieillesse de soins et
d'affection, et quand Dieu l'aura rappelé à
Lui, alors.....

— Que faites-vous donc là, belles inséparables ? Votre chien et vous formez un groupe
attendrissant, dit tout à coup près d'elles une
voix claire.

Saluzia, surnommée la femme électrique,
parut près des deux amies. Elle portait dans
ses bras un superbe enfant de dix mois envi-
ron et se laissa tomber sur le banc avec un sou-
pir et comme accablée sous le poids de son
fardeau.

— Donnez-moi ce gros garçon, dit Hélène
en prenant l'enfant ; il devient si lourd, qu'il
vous fatigue outre mesure ; il faut l'habituer
à marcher un peu maintenant ; nous allons
confier ce soin à Mouton ; vous allez voir comment il va s'y prendre.

Elle posa l'enfant par terre et réveilla le
chien, qui parut comprendre aussitôt son désir. En effet, lorsque le baby, roulant à quatre
pattes, s'approchait de lui, Mouton s'éloignait
un peu, tout en ayant soin de laisser son gros
poil à la portée des petites mains potelées de
l'enfant, pour lui servir de point d'appui.

Bientôt, debout contre le gros chien, il lui
tapa sur le dos avec enthousiasme, et ils firent
ainsi un ou deux pas ensemble.

— Voyez, comme il se tient bien ! s'écria
Johanna en saisissant le baby et en le cou-
vrant de caresses. Toto, embrasse-moi tout
de suite, puis tu reviendras avec ton ami
Mouton. Comment s'appelle-t-il, votre fils,
Saluzia ? Nous le nommons tous Toto, mais
il doit avoir un autre nom ?

— Il s'appellera François, je pense, répondit Saluzia en rougissant un peu ; il n'est pas
encore baptisé.

— Pas possible, dit Hélène avec étonnement ; mais vous êtes catholique, Saluzia,
ainsi que Giacomo ; que pensez-vous de laisser grandir votre enfant comme un petit
païen ?

— Giacomo dit toujours que nous avons le
temps pour le baptême, et l'ennui de se pro-
curer un parrain et une marraine, de faire les
démarches nécessaires près des curés, nous a
fait attendre, ajouta-t-elle avec un peu d'embarras.

— La marraine est toute trouvée, et je
pense que le parrain ne sera pas difficile à
découvrir, dit Johanna en souriant. Si je demande à M. Jonas Bayle d'être mon com-

père, il ne demandera pas mieux, qu'en dis-tu,
Hélène ?

— Je pense comme toi, et, puisque tu te
charges de fournir les deux personnages im-
portants de la fête, si Giacomo le veut, moi,
je vais faire les démarches près du vieux
Père Jérôme, mon ami, pour que le baptème
· ait lieu le plus vite possible, n'est-ce pas,
Saluzia?

— Allons, voilà notre apôtre en train d'en
faire encore des siennes, dit un homme qui
s'était approché du groupe des jeunes femmes
et les écoutait depuis un moment, vous voulez
donc nous convertir tous, Hélène ? Baptiser,
confesser, marier, tous les sacrements y passent, et personne n'y échappe !

— En êtes-vous plus malheureux, Giacomo,
et n'aviez-vous pas de remords de laisser cet
amour d'enfant vivre comme un petit chien
près de vous? répondit Hélène en riant, et en
lui montrant le baby, qu'elle avait repris dans
ses bras. Je vous promets que je me charge
de tout arranger ; nous aurons une fête charmante ; cela est-il convenu pour après-demain?
Le Père Jérôme ne demandera pas mieux que
de prendre votre jour et votre heure.

— Va pour après-demain. Il faut toujours,
Hélène, faire ce que vous voulez, cela est

connu. Mais puisque vous vous chargez de la
cérémonie à l'église, moi, je paierai les gâteaux et le vin ; il faut arroser notre joie,
c'est essentiel. La vieille Nathalie nous prêtera
volontiers sa tente pour danser à notre aise ;
les chevaux de bois seront démontés en un
clin d'œil, et elle fera relâche un jour en
notre honneur. Quant à Jonas, puisqu'il est
parrain, il nous donnera bien sa musique. Il
faut organiser un cortège splendide, et que
le baptême de François soit une fête pour
tous.

— Certainement, et dès demain matin, je
vous promets de voir le Père Jérôme, pour le
prévenir, dit Hélène, qui s'était levée, et, passant son bras sous celui de Johanna, s'ache-
minait vers le cirque, qui donnait ce soir-là
une représentation extraordinaire.

Le lendemain, dès six heures, on aurait eu
peine à reconnaître, agenouillée par terre, sur
les dalles de l'église de Saint-Julien, enveloppée dans un grand manteau de couleur sombre, la jeune écuyère qui, la veille au soir,
avait remporté tous les succès.

On l'avait couverte de fleurs ; le public l'a-
vait rappelée trois fois, et, à chaque fois, son
sourire avait été le même ; elle avait salué
avec la même grâce un peu froide et la même

indifférence, et, dans ses beaux yeux tranquilles, on ne lisait aucun plaisir.

— Que te faut-il donc ? lui avait murmuré à l'oreille Johanna, qui, elle aussi, avait eu sa grande part d'applaudissements et s'en était montrée très fière. Tu es stupide vraiment, avec ton calme inébranlable. Vois ces fleurs, entends ces bravos, et sois donc enfin contente de ton succès.

— Pourquoi ? avait répondu Hélène avec un sourire un peu triste ; tu sais bien que je ne n'aime pas cela ; que m'importe tout ce bruit ? Viens, ramassons ces bouquets, que l'on jette ainsi sottement, aux pieds d'une pauvre créature. Je les porterai demain à l'autel de la Vierge ; là, au moins, ces fleurs auront un noble emploi.

Aussitôt la messe achevée, Hélène se leva. Elle pensait trouver le Père Jérôme à la sacristie et voulait tout de suite s'entendre avec lui au sujet du baptême du petit François. C'était une vieille connaissance pour la jeune fille que le Père Jérôme : deux fois déjà, le hasard avait voulu que le vieux capucin prêchât des missions dans les villes où le cirque séjournait. Ces deux âmes d'apôtre s'étaient vite comprises. Hélène admirait la sainteté et le dévoûment sans bornes du vieux religieux,

et, de son côté, le Père Jérôme ne savait assez
louer Dieu de trouver dans un tel milieu cette
âme d'élite, qui ne vivait que pour faire du
bien autour d'elle.

Il sourit en voyant entrer la jeune fille.

— Vous voilà de bien bonne heure, ce matin, mon enfant; qu'y a-t-il de nouveau, une
bonne œuvre à faire, n'est-ce pas?

— Un petit païen à donner au bon Dieu, mon
Père. J'ai découvert hier au soir que le fils de
notre plus proche voisine sur le champ de foire
n'était pas baptisé; il a dix ou douze mois; son
père et sa mère sont des Italiens catholiques,
mais un peu indifférents, et qui ont négligé jusqu'à présent de faire baptiser ce pauvre petit.

— C'est urgent, c'est urgent, vous avez raison. Et que font-ils, les parents? Quelle est
leur industrie?

— Le mari dresse des souris blanches, et
la femme électrise.

— Électrise! s'écria le bon Père effrayé.
Mon Dieu! qu'est-ce que c'est que cela?

— Oh! rien de bien dangereux ni de bien
mal, mon Père. Il y a des piles électriques
dans la baraque et des fils conducteurs tout
autour de la salle, où le public entre pour
deux sous: on reçoit là quelques secousses
plus ou moins agréables, voilà tout.

9.

— Enfin, enfin, dit le père Jérôme en soupirant, que de sottises on fait pour gagner de l'argent et que l'on s'occupe peu avec tout cela de gagner le Ciel ! Baptisons cet enfant, et que Dieu le protège ! A quand le baptême ?

— Demain, vers deux heures, si vous voulez bien ; Jiacomo, le père du baby doit organiser toute une fête pour ce baptême. Nous serons donc très nombreux et un peu bruyants peut-être, ajouta Hélène en hésitant ; nous aurons la musique de l'arracheur de dents, M. Bayle, pour nous mener ici, je crains que cela ne fasse beaucoup de tapage.

— N'importe, mon enfant, la musique est une bonne chose : il y en aura beaucoup là-haut, de meilleure peut-être que celle de M. Bayle, soit dit sans l'offenser, mais nous accepterons la sienne de bon cœur quand même. Dites à Giacomo et à sa femme que j'attendrai ici à l'heure dite, et pour vous, bon courage, n'est-ce pas, mon enfant ?

Le vieux religieux étendit la main pour bénir Hélène et reprit son bréviaire, qu'il avait interrompu en la voyant entrer.

Le lendemain, tous les habitants de la rue Royale étaient aux fenêtres, attirés par un bruit inusité : le cortège du baptême du petit

François, après s'être formé sur les quais, re-
montait la rue pour se faire bien voir avant
d'arriver à l'église. Il offrait en effet un éton-
nant spectacle ; en tête marchaient les cinq
musiciens de M. Bayle : une grosse caisse,
deux clarinettes et deux pistons ; puis suivait
le beau Jonas en personne, vêtu d'un de ses
riches costumes, donnant le bras à Johanna,
superbement drapée dans une mantille de dentelle noire ; il rayonnait de joie, car le matin
même, l'Espagnole lui avait accordé sa main
et le mariage devait se faire dans un assez
bref délai. Johanna, toute triomphante, portait dans ses bras le héros de la fête, le petit
François, qui, avec sa grande robe blanche et
ses cheveux blonds, bouclés, était le plus bel
enfant du monde.

Giacomo et Saluzia venaient ensuite, dans
le costume de leur pays ; Giacomo portait la
culotte courte de velours noir et le grand
feutre orné de plumes de paons ; Saluzia
avait ses beaux cheveux noirs à moitié couverts par la jolie et pittoresque coiffure napo-
litaine ; de grandes épingles d'or retenaient
ses tresses, et sa jupe courte de velours ba-
riolé laissait voir ses petits pieds chaussés de
sandales.

Tout le reste du cortège était à l'avenant :

la vieille Nathalie se faisait remarquer, dans
un riche costume de Bohémienne ; Julius,
l'homme-serpent, était en Hongrois ; les deux
frères Gonzague, les fameux vélocipédistes, en
habitants de la Forêt-Noire, donnaient le bras
à Mlles Léa et Joséphine Paulus, les intrépides
danseuses de cordes, qui portaient toutes deux
le joli costume des Suissesses.

Presque seule, Hélène n'avait pas consenti à
changer sa toilette ordinaire, et son amie avait
dû insister pour qu'elle laissât pendre sur ses
épaules ses lourd s tresses dorées retenues
par un nœud de velours noir ; un petit voile de
dentelle blanche, noué artistement sur sa tête
par Johanna, la rendait charmante quand
même, et tout le monde la regardait, comme
elle passait au bras de son cavalier, Gaëtan
Moreno, qui, lui, après bien des péripéties
et bien des aventures, était devenu montreur
d'ours ; c'était la seconde fois depuis six ans
que les hasards de sa vie errante lui faisaient
rencontrer son ancienne petite camarade :
ayant sollicité l'honneur de lui offrir son bras,
dans le cortége, cet honneur brigué par tous
lui avait été accordé sans peine, grâce à leur
vieille amitié et il passait fièrement, portant
lui aussi le costume de son pays : celui d'un
paysan de la vallée d'Ossau, avec les gros bas

de laine blanche, la culotte de velours, le gilet
rouge et la petite veste courte, jetée négligem-
ment sur l'épaule.

En descendant les quelques marches qui
conduisent à Saint-Julien, la musique redou-
bla son vacarme, mais dès son entrée à l'é-
glise, sur un signe amical du Père Jérôme,
qui se tenait près de la porte, elle cessa pour
ne reprendre qu'au départ ; tout le monde
voulut aller signer à la sacristie, et quelques
vieilles Bohémiennes, ne sachant pas écrire,
tracèrent bravement une croix sur le registre
que leur présentait le bon Père Jérôme.

Giacomo, ravi du succès qu'avait obtenu
son cortège, aurait eu l'idée, en repartant, de
faire tout le tour de la ville : mais Hélène,
dont l'influence était incontestable et incon-
testée, obtint qu'on reviendrait sur les quais
par le plus court chemin : il était près de
trois heures, le goûter et le bal qui devait le
suivre prendraient le reste de la journée et au
cirque il y avait encore une représentation ce
soir-là.

Aussi Hélène, sous prétexte de ménager ses
forces, après avoir pris sa part des gâteaux
qui circulaient et goûté au vin de Champagne
que l'on débouchait avec bruit tout autour de
la table, s'était-elle assise à l'écart pendant que

l'on organisait déjà le bal. Inutilement Gaëtan Moreno, les deux Gonzague et le beau Jonas lui-même étaient venus l'inviter à se mêler à la danse, elle répondait toujours que, craignant un surcroît de fatigue pour le soir, elle ne danserait pas; comment aussi avoir le cœur de réveiller le petit François qui s'était si doucement endormi sur ses genoux ? Ceci dit d'un ton très aimable et très doux, elle renvoyait tous les danseurs ; Johanna, toute essoufflée et fraîche comme une rose, vint enfin la rejoindre.

— Viens donc, Hélène, viens, je t'en prie, lui dit-elle avec un peu d'humeur; je t'assure que tu es ridicule en te privant de tous les plaisirs pour te dévouer sans cesse pour les autres ; te voilà maintenant transformée en bonne d'enfants : il paraît que c'est pour ne pas déranger François que tu restes toute seule dans un coin : donne-le à Saluzia, il dormira tout aussi bien sur elle, et comme elle a dansé jusqu'à présent, il est juste qu'elle garde un peu son fils.

— Laisse-moi François, c'est mon prétexte, dit Hélène en souriant; tu sais bien que mon cœur n'est pas là, au milieu de tout ce bruit; ce n'est pas ma faute, mais je vis ailleurs.

— Tu me fais peur, Hélène; par moments

on dirait que tu n'es pas de ce monde, je crains que tu ne t'envoles.

— Sois tranquille, je ne m'envole pas encore ; mon pauvre père, que deviendrait-il sans moi ? Si tu me promettais de ne pas te moquer de moi, je te dirais ce que je voudrais faire dans ce moment-ci.

— Dis tout de même, je me suis moquée de toi tant de fois que cela ne compte plus : qu'est-ce qui te trotte par la tête encore, quelque œuvre de charité à essayer ?

Hélène sourit.

— Tu vois cette baraque jaune qui est là-bas ? Elle est arrivée ce matin et je voudrais savoir ce qu'elle renferme ; en passant tout à l'heure près de là, il m'a semblé entendre des plaintes et j'ai eu le cœur serré ; peut-être y a-t-il là un malheureux qui souffre pendant qu'ici nous nous amusons.

— Ah bah ! tu es ennuyeuse à la fin. Si l'on pouvait penser à tout cela, on n'aurait plus une minute de tranquillité dans la vie ; pourquoi Giacomo n'a-t-il pas invité les habitants de cette baraque au baptême de son fils ? Nous aurions vu ce que c'était.

— Il n'a pas voulu, prétendant que la vieille qui était à la porte avait trop mauvaise mine ;

ce sont des diseuses de bonne aventure ou des somnambules, je crois.

— Allons, tu meurs d'envie d'y aller : donne-moi cet enfant et pars ; si quelqu'un peut réussir à se faire ouvrir cette tanière, ce sera toi, mais emmène Mouton, qui est un solide défenseur en cas d'un accueil désagréable, et reviens vite ; je n'ai pas ton zèle et je ne consens pas même pour mon filleul à me priver de tout le bal, ajouta Johanna en déposant un gros baiser sur le front du petit dormeur et en le pressant dans ses bras.

Hélène se leva vivement ; elle avait déjà relevé ses cheveux autour de sa tête, et, mettant un léger tricot sur ses épaules, elle s'avança vers la charrette qui l'intriguait depuis le matin.

Une vieille Bohémienne à la mine basse et rusée était assise au bas des marches qui conduisaient à la porte de la voiture, fermée avec soin ; sa figure bronzée attestait son origine. Hélène ne put s'empêcher de tressaillir en la regardant de près : elle avait un vague souvenir d'avoir déjà vu ces yeux louches et repoussants ; la vieille, en la voyant approcher, se leva.

— Voulez-vous connaître votre destinée, ma belle enfant, savoir ce que vous deviendrez un jour, ce que vous ferez dans dix

ans, ce que vous penserez dans quinze mois,
ce que l'on vous dira demain soir? Venez
sans crainte chez nous... tout s'y découvre,
tout s'y retrouve, tout s'y prédit; nous devi-
nons où sont cachés les trésors; nous connaissons les pensées les plus secrètes ; nous
sommes les maîtres de la science, car telle est
notre devise : « Sorcière ne puis, somnambule
je suis. »

Et elle lui montrait du doigt les grandes
pancartes jaunes suspendues de chaque côté
de la porte.

— Je n'ai besoin de rien connaître sur ma
destinée, dit doucement Hélène, en se rapprochant encore, mais il m'a semblé entendre
quelqu'un se plaindre chez vous et je venais
vous demander si vous aviez besoin de quelque
chose.

— Est-ce un prétexte pour venir nous es-
pionner? dit la vieille subitement irritée. Si
vous ne venez pas pour les consultations, passez votre chemin, la belle, vous n'avez que
faire ici.

Un gémissement prolongé qui venait de la
voiture l'interrompit ; Hélène, bouleversée,
joignit ses mains suppliantes en la regardant.

— Je vous en supplie, laissez-moi entrer;
quelqu'un se plaint, quelqu'un souffre; lais-

sez-moi le voir, peut-être pourrai-je lui être
utile, peut-être pourrai-je le soulager.

Au même instant, la porte de la voiture
s'entr'ouvrit, et une femme encore jeune, mais
aussi noire que l'horrible Bohémienne, parut
sur le seuil.

— Catharina, venez donc, dit-elle; je pense
qu'elle va mourir, ce n'est pas drôle d'être là,
à la garder toute seule.

D'un bond et sans attendre davantage, Hélène franchit les quatre degrés de la charrette,
et poussant vivement la jeune femme interdite, entra dans l'espèce d'antre qui servait de
salon de consultations. Là, sur un misérable
grabat poussé dans un coin, gisait une femme
en proie à une violente convulsion ; ses traits
tirés exprimaient une souffrance intense, et
ses yeux, tout grands ouverts, étaient sans
regards.

Hélène s'agenouilla près d'elle et allait la
soulever pour lui faire respirer de l'éther
qu'elle avait à tout hasard pris avec elle, lorsqu'elle poussa un cri d'horreur et de pitié :
c'était Rose, sa sœur, Rose qu'elle retrouvait
dans ce pitoyable état.

— Rose, Rose, m'entends-tu ? me reconnais-
tu ? dit-elle en essayant avec de douces caresses
de calmer cette crise de nerfs effrayante.

Rose reprit enfin ses sens.

— Est-ce bien toi, Hélène? Ah! ne m'abandonne pas, murmura-t-elle d'une voix mourante; elles vont me tuer, si tu t'en vas.

— Dieu m'a conduite ici comme par la main, sois tranquille, je ne te quitterai plus, reprit Hélène, qui l'embrassait en pleurant; ma pauvre sœur, dans quel état je te retrouve!

— Allons, filez-moi d'ici, espèce d'aventurière qui vous installez chez les gens sans en demander la permission, s'écria enfin la vieille Catharina, folle de colère; laissez ma fille tranquille et laissez-nous en paix, sans cela je vous fais prendre par la police et jeter en prison.

Elle saisissait déjà Hélène par le bras pour la précipiter hors de la voiture, lorsque la jeune fille se dégagea promptement, et, se redressant avec une énergie soudaine, regarda l'horrible vieille en face, tandis que Mouton, le poil hérissé, l'œil en feu, n'attendait qu'un signe pour se jeter sur la bohémienne.

— Cette malheureuse n'est point votre fille, mais ma sœur, dit-elle avec calme; personne au monde ne me la fera abandonner entre vos mains, maintenant que j'ai eu le bonheur de la retrouver; voici de mes camarades qui vont vous faire entendre raison, si je ne le puis toute seule.

Giacomo et Jonas Bayle étaient en effet sur le seuil de la porte ; Johanna, inquiète de la démarche de son amie, les avait envoyés pour savoir ce qui se passait.

— Vite un brancard pour transporter cette pauvre fille chez Hélène, dit Jonas en entrant dans la baraque, et si ces deux femmes bougent, je me charge de leur affaire. Hélène nous expliquera tout plus tard.

Rose, trop faible pour supporter cette discussion, paraissait évanouie de nouveau, mais sa main serrait convulsivement celle de sa sœur, qui venait d'arriver si miraculeusement à son secours.

IX

Dévouement.

———

Depuis huit jours, la vie d'Hélène était de nouveau bouleversée par l'arrivée de Rose chez elle. Elle avait obtenu de M. Calvani quelques jours de congé et de repos pour soigner sa sœur.

La pauvre fille revenait visiblement à la vie; mais il ne pouvait être question de lui laisser reprendre son dangereux métier. Le père Jérôme, consulté à ce sujet, avait déclaré que non seulement l'état de somnambule était défendu, mais qu'il était aussi très préjudiciable à la santé, et que les crises nerveuses qui secouaient de temps en temps Rose ne venaient que de ce sommeil léthargique et factice dans lequel la vieille Catharina la jetait pour extorquer quelques sous à la crédulité des gens qui avaient la sottise de venir la consulter.

Rose raconta dans tous ses détails sa malheureuse histoire. Partie avec Catharina et entraînée par ses perfides promesses loin de son père et d'Hélène, elle avait passé presque tout son temps en Espagne et dans le midi de la France, réduite à la plus horrible des misères. Souvent, il lui avait fallu mendier pour obtenir quelques croûtes de pain, tandis que Catharina mangeait et buvait à son aise, grâce à l'argent de la recette. Lorsque tout manquait, Rose était chargée d'abuser de l'ignorance des gens de la campagne et de les occuper en faisant semblant de leur dire la bonne aventure, pendant que l'horrible vieille volait dans les fermes tout ce qu'elle pouvait découvrir : ce rôle odieux lui répugnait plus que tout le reste ; mais, terrorisée, anéantie par les mauvais traitements de la bohémienne, elle n'osait point lui résister. Enfin, elle était tombée sérieusement malade ; c'était alors que Dora avait été prise comme associée pour continuer les vols et les honteux trafics. Depuis un mois, on la traînait ainsi, couchée dans la voiture, la laissant seule de longues heures, sans une goutte d'eau pour rafraîchir ses lèvres dessé-

chées, pendant ses crises douloureuses. Les
deux mégères ne se cachaient plus pour dire
qu'elles espéraient être débarrassées sans tarder de ce cadavre ambulant, qui les gênait
pour leur commerce, mais qu'elles n'osaient
point abandonner dans quelque coin, de crainte
de la police, dont il eût été dangereux d'attirer l'attention ; aussi Catharina s'était-elle bien
gardée de venir réclamer la pauvre Rose chez
Hélène. Dès qu'elle l'avait vue, emportée par
Jonas et Giacomo, elle avait compris qu'il
était prudent de quitter Tours au plus vite.
Le lendemain, la charrette, attelée de deux
chevaux poussifs et d'un âne efflanqué, partait
du champ de foire, huée par tous et accompagnée des rires et des bravos du personnel
de la troupe du cirque, mis au courant de l'en-
lèvement de Rose. Jonas Bayle avait même
poussé le sarcasme jusqu'à saluer d'un joyeux
roulement de tambour la fuite de la méchante
vieille, qui, d'un geste menaçant, le bravait de
la fenêtre de sa voiture, tandis que Dora, pâle
de colère, essayait vainement d'activer le départ et de faire marcher plus vite son maigre
équipage.

Quant au père Bourgeous, la secousse qu'il
avait éprouvée en retrouvant Rose mourante
lui avait été fatale. Son intelligence, très bais-

sée déjà, disparaissait tout à fait. A demi aveugle, à peu près sourd, il se laissait vivre sans rien réclamer, toujours entouré des soins affectueux et dévoués d'Hélène. La pauvre fille se demandait avec angoisse comment elle allait faire pour traîner après elle ces deux infirmes : quelle fatigue pour eux ! quelle charge pour elle !... Si, au moins, elle avait pu les faire entrer à l'hospice des incurables, ils auraient été heureux et bien soignés; mais, après informations prises, elle avait su qu'il fallait payer pour les étrangers une somme relativement considérable pour les faire admettre dans les salles de l'hôpital. On lui avait parlé de deux mille francs, plus une petite pension annuelle. Comment réunir de pareilles sommes, avec ses appointements au cirque de cent vingt-cinq francs par mois ? Que fallait-il donc faire ?

— Priez, ma fille, priez, répétait le Père Jérôme, quand elle allait en pleurant lui conter ses chagrins. Dieu vous viendra en aide au moment où vous croirez tout perdu : le secours et la lumière arriveront en leur temps.

Et Hélène priait avec ferveur, essayant de ne pas se décourager et de ne pas même laisser deviner à son amie Johanna ses tourments quotidiens.

Elle revenait un matin de l'église et passait devant la porte du cirque ; M. Calvani, qui l'aperçut, lui fit signe de monter près du comptoir.

— Voyez donc, Hélène, cette lettre que je reçois et venez la lire, si cela vous amuse, s'écria le directeur d'un ton joyeux ; elle vous regarde, puisqu'il est question de notre « Étoile » ; ils ne doutent de rien, ces bons Américains !...

— Qu'est-ce que c'est ? demanda Hélène sans se presser.

— Un pont d'or, si vous voulez partir pour l'Amérique ; heureusement, vous n'en avez pas envie, sans cela je ne vous montrerais pas ce beau papier. Il y a même la promesse d'un cadeau pour moi, si je vous cède de bonne grâce à cette nouvelle administration ; vous voyez que c'est complet.

Hélène tressaillit ; là, il y aurait un sacrifice à faire ; là était peut-être aussi le secours espéré. Elle prit la lettre et la lut attentivement ; elle venait de Paris et était écrite en bon français.

« Mon cher confrère,

« Je cherche vainement, depuis deux mois, une jeune écuyère de bonne volonté, habile en son art et consentant à partir avec moi pour l'Amérique, après avoir signé un engagement de quatre ans dans ma troupe. On me parle d'une jeune fille d'une surprenante beauté et d'un talent hors ligne, qui est chez vous : Mlle Hélène Bourgeons ; peut-être consentirez-vous à me la céder, moyennant une somme de trois cents francs, que je vous paierai comme dédommagement pour le tort que je pourrais vous causer avant d'avoir remplacé cette jeune fille. Quant à la personne en question, l'engagement porterait trois cent cinquante francs par mois, à condition que le travail répondît à la garantie donnée. Son voyage serait payé d'avance, ainsi que les menus frais qu'il pourrait lui occasionner, soit mille francs, que je m'engage à lui envoyer dès notre contrat accepté et signé.

« Veuillez, cher confrère, faire part de mes propositions à Mlle Hélène, et répondez-moi de suite, cette affaire devant être conclue dans les huit jours.

« Je suis, etc....

« John QUINDLER,

« *Premier écuyer du Nouveau-Monde,*

« Hôtel du Helder,

« PARIS. »

— Il n'a pas mal de toupet, ce Monsieur, de venir choisir ce qu'il y a de mieux dans ma troupe, et je vais lui répondre et de bonne encre. Il pourra chercher une écuyère dans la Lune, si cela lui convient, dit M. Calvani en reprenant la lettre, qu'Hélène tenait encore.

— Ce serait peut-être une bonne affaire, qu'en pensez-vous? dit Hélène en levant enfin les yeux et en regardant le vieux directeur.

Celui-ci eut un brusque mouvement de surprise.

— Êtes-vous folle? Aller en Amérique, partir de chez nous, maintenant que votre position est faite, et que vous pouvez passer partout pour la meilleure des écuyères? Cela n'a pas le sens commun !

— Mais, vous l'avez avoué vous-même, c'est un pont d'or que l'on m'offre !

— Ah ! c'est l'argent qui vous tente? Qui l'aurait dit? Vous, une jeune fille si sensée et si raisonnable, c'est étrange ! Mais voilà la jeunesse d'à présent ; elle calcule fort bien ; de mon temps, elle songeait à rire et à s'amuser, et cela valait mieux. Enfin, il est sûr que je ne vous donnerai pas trois cent cinquante francs par mois, je ne le pourrais pas; mais je vous augmente un peu : vous gagnerez désormais cent cinquante francs chez moi ; cela est entendu, n'est-ce pas vrai ? et ne parlons plus de séparation et de départ.

Comme Hélène ne répondait pas, il continua vivement :

— Nous nous connaissons depuis longtemps, Hélène, et si vos commencements dans le cirque Calvani ont été un peu rudes, oubliez-les. Vous le savez aussi bien que moi, c'est la faute de notre métier, nous n'avons ici ni le temps ni le devoir de nous attendrir. Croyez-moi, si vous nous quittiez maintenant pour un peu d'or, ce serait non seulement de l'ingratitude, car c'est à nous que vous devez votre talent, mais ce serait surtout de la folie. Vous n'avez pas idée des exigences et des duretés de ces Américains sans conscience et sans cœur. Voyons, mon enfant, ne restez pas là comme une borne, et dites-moi que c'est pour rire et voir ce que j'allais en dire que vous avez semblé tentée par cette offre.

Hélène, très émue, se rapprocha de son directeur.

— Ne m'accusez pas d'ingratitude, dit-elle d'une voix un peu tremblante ; je sais tout ce que je vous dois, et le temps a complètement effacé ce que le passé avait pu avoir de pénible ;

mais voyez ma position et ne m'en veuillez
pas. Voyez mon vieux père aveugle, presque
en enfance, ma sœur affaiblie, malade, incapable désormais de gagner sa vie : comment
traîner avec moi ces deux pauvres infirmes? Ne
vaut-il pas mieux assurer leur vie, leur bonheur, même au prix d'un douloureux sacrifice ?

Si j'accepte la proposition de M. Quindler,
je puis les faire entrer à l'hospice des incurables ; ils seront soignés, tranquilles ; tandis
que, si je reste en France, c'est à peine si,
même avec votre offre généreuse, j'arriverai à
les faire vivre. Toutes mes petites économies
ont disparu pendant la maladie de Rose ; je
n'ai donc ici que la misère et les privations à
leur offrir. Il vaut mieux nous séparer, Monsieur Calvani, c'est Dieu qui le veut sans
doute. Je vous regrette beaucoup ; je regrette
mon pays, mes amies, toute la troupe enfin ;
mais je crois qu'il le faut.

M. Calvani secoua la tête avec humeur.

— Quelle sotte idée j'ai eue de vous donner
cette lettre ! Avec votre dévoûment habituel,
vous allez vous sacrifier, sans qu'il soit possible de vous faire entendre raison, lors même
que je vous montrerai tout ce que vous aurez
à souffrir là-bas ; enfin il est certain que pour
votre père et votre sœur, vous serez évidem-

10.

ment une Providence, seulement pour moi c'est
une perte sérieuse que je vais faire, comment
vous remplacer ?

— Votre fille Charlotte va pouvoir prendre
ma place d'ici à peu de mois, elle est déjà,
comme vous le savez, fort souple, il ne lui
manque qu'un peu de hardiesse ; je partirais
doncsans trop de remords, mais avec un grand
chagrin, croyez-le bien, car je sais ce que je
quitte ici, et je ne sais pas ce que je trouverai
là-bas !... N'y pensons plus, quand un sacrifice est résolu, il faut l'accomplir aussitôt ;
en prélevant sur l'argent qu'on m'alloue pour
le voyage, je pourrai, je pense, faire entrer
mon père et Rose à l'hôpital, il me sera facile
aussi d'envoyer chaque mois une petite somme
pour améliorer petit à petit leur position ;
écrivez donc à M. John Quindler que j'accepte
ses conditions et qu'il peut m'envoyer son
traité à signer, mais, dites-lui que j'emmène
mon chien avec moi et que j'entends ne jamais
m'en séparer; il faut que cela soit spécifié
dans notre contrat, ce sera peut-être mon seul
ami là bas ! ajouta Hélène, qui luttait pour
refouler ses larmes prêtes à couler.

— Sapristi !... Voilà donc qui est décidé !
reprit M. Calvani, qui, lui aussi, était fort
ému. Cet Américain de malheur est venu bien

mal à propos se mettre sur notre route ; je perds en vous une élève docile et la gloire de ma troupe ; enfin vous êtes libre, vous n'avez pas d'engagement ici, ce qui est malheureux pour moi, je comprends d'ailleurs le sentiment qui vous fait agir ; évidemment ce n'est pas pour votre plaisir que vous allez courir en Amérique les chances d'être fort malheureuse. Mais il ne sera pas dit que votre directeur vous laisse partir sans savoir faire pour vous un sacrifice : je vais donner une grande réprésentation à votre bénéfice, sur laquelle je ne préléverai que les frais d'éclairage ; en annonçant cette représentation avec un peu de réclame, nous aurons un monde énorme ; j'ajouterai à la recette les trois cents francs que cet insolent vient m'offrir à moi, comme si je devais vous vendre et que je lui jetterais volontiers au visage, s'ils ne trouvaient pas ici un bon emploi ; avec tout cela vous pourrez, sans ébrécher l'argent de votre voyage, assurer l'entrée de votre père et de Rose à l'hôpital.

— Merci ! Oh ! merci ! Monsieur, dit Hélène en lui tendant les deux mains, et comme elle ne pouvait plus retenir ses larmes, elle s'éloigna vivement sans pouvoir rien ajouter.

Il restait à la pauvre enfant une tâche pénible

à remplir, avertir Johanna et lui faire accepter
son départ; depuis leur réconciliation si
franche, si complète à Milan, plus un nuage
n'était venu assombrir leur amitié; Johanna
avait chéri sa petite compagne avec toute la
fougue qu'elle avait mise jadis à la haïr, et
Hélène, heureuse de se sentir enfin comprise,
donnait à la jeune Espagnole toutes les tendresses de son cœur.

Que de fois ne l'avait-elle pas arrêtée au
moment où, sur un coup de tête, elle allait
faire quelque impertinence à M. Calvani et
risquer de se faire renvoyer de la troupe.

— Les gymnasiarques de votre espèce
sont faciles à trouver, avait dit un jour le directeur du cirque, d'un ton qui n'admettait
pas de réplique; marchez droit et sans caprices,
ou vous allez voir ce qui vous arrivera.

Aussi Hélène, qui ne redoutait rien tant que
de la voir congédiée, suppliait son amie de
calmer ses colères et d'accepter sans rien dire
les observations; peu à peu elle était arrivée
à exercer sur Johanna une influence absolue,
influence toute de bon exemple et de vertus.

Maintenant, hélas! il fallait se séparer, et
quelle séparation!... Combien elle était plus
longue et plus cruelle que celles qu'elle avait
pu prévoir jadis et c'était elle qui la voulait,

cette séparation, qui la préparait, qui devait
même en être heureuse, car du fond de sa
conscience s'élevait une voix aussi douce que
puissante qui lui disait : « Tu fais ton devoir,
Dieu t'en récompensera et te rendra en
consolations ce que tu sacrifies en bonheur et
en tranquillité. »

Deux jours se passèrent ainsi ; M. Calvani
avait fait annoncer partout par de grandes
affiches et publier en ville par le crieur de
son cirque la grande représentation donnée
au bénéfice de Mlle Hélène, fixée à la fin de la
semaine ; mais sur la demande de la jeune
fille, il n'avait point parlé de son départ ; tous
l'ignoraient encore et Johanna faisait des plans
de vie en commun qui brisaient le cœur de
son amie. Jonas Bayle avait solennellement
promis de ne séjourner que dans les villes où
se trouverait le cirque, lors même qu'il n'aurait plus là une seule dent à arracher ; son
mariage n'avait pu se décider qu'à cette condition.

Cependant le contrat qui devait engager
Hélène chez M. Quindier ne pouvait manquer d'arriver ; elle se résigna donc à avertir
l'Espagnole, mais ne sachant comment s'y
prendre, elle se dit que peut-être son vieux
protecteur, le père Jérôme, lui serait d'un

grand secours pour faire entendre la voix de la raison et du devoir à Johanna. Absent depuis quelques jours, il ne savait encore rien de la détermination de la jeune fille.

Elle résolut de la lui aprendre devant son amie ; celle-ci n'aurait pas à se plaindre d'être la dernière avertie de cette douloureuse nouvelle et sans doute le vieux prêtre trouverait dans sa piété et dans son cœur des paroles propres à calmer son inévitable chagrin.

— J'ai à parler au père Jérôme, viens-tu avec moi ? demanda Hélène en entrant chez son amie, qui se préparait à sortir.

— Allons, voilà un ingénieux prétexte pour me mener à l'église et me faire faire d'interminables prières, répondit Johanna en riant ; j'accepte à condition qu'ensuite tu viennes te promener sur la levée de la Loire; tu es si absorbée par ta sœur, maintenant, que je ne te vois plus et que je commence à devenir jalouse de Rose.

— Viens, reprit Hélène, nous trouverons le père Jérôme au presbytère de Saint-Julien, je ne suppose pas qu'à cette heure il soit encore à l'église.

Mais la vieille gouvernante de M. le Curé leur annonça que le bon père devait dire son office dans quelque coin de la sacristie, attendant les pénitents, que son zèle attirait en masse pendant la mission ; dès son dîner il repartait, disait-elle, et on ne le revoyait que le soir.

En effet, Hélène le trouva comme de coutume agenouillé sur le prie-dieu de la sacristie, et récitant son bréviaire ; il fit un signe de la main aux deux jeunes filles comme pour leur dire qu'il allait les écouter à l'instant et dès qu'il eut fini son psaume, il se retourna et dit à Hélène avec un sourire bienveillant :

— Vous m'amenez donc enfin votre amie, car je devine que c'est Johanna qui est là ; je vous connais depuis longtemps, mon enfant, Hélène m'a souvent parlé de vous, je sais que vous êtes sa sœur d'adoption et à ce titre très tendrement aimée.

Johanna s'inclina sans répondre : l'air vénérable du vieux moine, tout en lui inspirant un respect profond, l'intimidait singulièrement.

— Oui, j'ai conduit Johanna ici, répondit Hélène, car j'ai une nouvelle pénible à lui annoncer et personne mieux que vous, mon père, ne saura trouver les paroles les meilleures pour adoucir son chagrin.

— Qu'y a-t-il ? dit Johanna vivement. Qu'as-tu à me dire ? Parle, parle donc, mais ne dis pas que tu me quittes, car pour cela, je ne le supporterai pas.

— Ma pauvre amie, on doit tout supporter pour l'amour du bon Dieu. Hélas! oui, je te quitte, mais ce n'est pas une séparation éternelle; d'ailleurs, elle est nécessaire; écoute tu jugeras toi-même et tu verras si je pouvais refuser les propositions qui m'étaient faites.

D'une voix un peu tremblante, elle raconta au père Jérôme et à Johanna, qui semblait devenue tout à coup impassible, sa nouvelle détermination; elle parla du prix extraordinaire offert par John Quindler, pour ses appointements, elle avoua son hésitation à l'accepter, les observations de M. Calvani, qui ne lui avait point caché les difficultés et les servitudes d'un contrat passé avec un cirque américain, et enfin elle dit sa résolution de partir pour assurer à son père et à sa sœur une vie sinon aisée, du moins paisible et sans soucis du lendemain.

— Quand partez-vous? demanda le père Jérôme, qu'aucun dévoûment n'étonnait et qui savait la jeune fille prête à tous les sacrifices.

— Très vite; probablement aussitôt après la représentation que M. Calvani veut bien donner à mon bénéfice; M. Quindler écrivait que l'affaire devait être traitée immédiatement;

nous attendons aujourd'hui l'engagement que je dois signer.

— Tu ne partiras pas, c'est impossible, s'écria Johanna, d'une voix étranglée et avec son regard des mauvais jours; tu ne partiras pas, car je ne te le permettrai jamais; tout ce que j'ai est à toi, prends tout, mais reste.

— Chère, chère sœur, dit Hélène en la regardant avec tendresse, je reconnais bien là ton cœur dévoué, mais je n'accepte point tes sacrifices; tu vas te marier, tu dois songer à toi maintenant; d'ailleurs, tu le sais, tes économies, pas plus que les miennes, ne peuvent arriver aux sommes qui me sont nécessaires: deux places chez les incurables, c'est très cher, vois-tu, pour les étrangers, et je veux qu'ils soient le mieux possible.

— Eh bien! Jonas Bayle a de l'argent et dès que je serai mariée, nous le prendrons pour payer tout cela.

— Johanna, tu déraisonnes, reprit Hélène, qui ne put s'empêcher de sourire, tu sais aussi bien que moi que cela est impossible, et que si M. Bayle lui-même y consentait, je ne l'accepterais jamais.

— Alors, je ne me marie plus et je pars avec toi, dit la jeune Espagnole, qui paraissait

exaspérée ; mais, mon Père, dites-lui donc
qu'elle ne doit partir, qu'elle ne doit pas me
quitter, s'écria-t-elle, en joignant les mains et
en se retournant vers le vieux religieux ; c'est
à elle que je dois tout, c'est elle qui m'a consolée, soutenue, sauvée depuis six ans ; j'étais
méchante, elle m'a rendue bonne ; j'étais impie,
presque païenne, elle m'a rendue pieuse, elle
m'a fait accepter notre vie rude et notre
travail pénible, comme un devoir que Dieu
nous impose, et elle veut partir, me laisser
seule, maintenant, c'est impossible !

— Vous n'allez pas être seule, mon enfant,
vous allez vous marier, Dieu vous donne un
compagnon de voyage ; si Hélène se sent le
courage de faire ce sacrifice, laissez-la l'accomplir courageusement et ne la troublez pas
par vos larmes. Le ciel est le prix accordé aux
sacrifices, ne l'oubliez donc pas ; que sont ces
quelques jours de souffrances pour une éter-
nité de bonheur? ajouta le vieux moine en
levant les yeux vers la voûte de l'église, qui,
complétement dans l'ombre, était d'un calme
mystérieux.

— Et tu me quittes pour Rose, elle qui t'a
abandonnée, oubliée pendant des années?
continua Johanna, qui poursuivait son idée et
n'avait apporté aux paroles du Père Jérôme

qu'une très faible attention ; cela, je ne te le
pardonne pas non plus.

— Je te quitte parce qu'il le faut, Johanna,
et que Dieu le veut ainsi, répondit Hélène de
sa voix douce et pénétrante ; je lui demandais
chaque jour de me venir en aide ; il m'envoie ce secours et je n'ai pas le droit de le
repousser.

— Pourquoi as-tu pris cette décision sans
me prévenir ? Pourquoi ce secret avec moi,
toi qui ne me cachais rien ?

— Je n'osais pas te le dire ; comment supporter ton chagrin, lorsque j'avais déjà le
cœur brisé ? Mais écoute-moi, Johanna : ceci
n'est qu'une séparation passagère, crois-le bien,
je puis rentrer en France pendant les quatre
années de mon engagement avec ce cirque
américain ; il peut venir sur le continent, alors
quel bonheur de nous revoir ! Allons, sois
bonne, aie pitié de moi, dis que tu ne m'en
veux plus, dis même que tu m'approuves ;
au fond tu penses comme moi.

— Non, je ne comprends pas que tu fasses
un sacrifice semblable pour Rose, qui ne s'est
jamais souciée de toi.

— Et mon père, tu le comptes pour rien ?

— Nous l'aurions mené avec nous et nourri
comme par le passé.

— Tu sais bien que ce n'est plus possible.

— N'essayez pas de convaincre votre amie ; maintenant, elle a besoin de s'habituer à ses regrets, dit le Père Jérôme, qui écoutait en silence les deux jeunes filles ; je vois que vous aviez mené Johanna pour que je la raisonne, pour que je la console, tout cela est inutile dans ce moment ; soyez sûre que Dieu l'éclairera et lui fera comprendre ce que votre dévoûment filial a de touchant. Je prierai pour vous deux, et je vous verrai sans doute avant votre départ. Je vais aller moi-même à l'hôpital des incurables pour vous recommander chaudement auprès de l'administration ; on vous fera peut-être ainsi de conditions plus douces ; dans tous les cas, la somme entière ne sera point exigée pour l'admission de vos chers parents.

Hélène remercia le bon Père et suivit Johanna, qui se hâtait de sortir de l'église. Il ne fallait pas songer à la promenade au bord de la Loire, ni l'une ni l'autre, ne s'en souciaient, elles rentrèrent chez elles directement et en silence. M. Calvani les y attendait, un grand papier déplié à la main.

— Voici votre traité, ma pauvre Hélène, dit-il ; vous aurez les pieds et les poings liés ; écoutez ceci, et réfléchissez bien avant de signer.

Il lut à voix haute et en appuyant sur chaque syllabe, d'une façon significative, le contrat qui allait disposer de la liberté d'Hélène pendant quatre ans et faire d'elle une sorte d'esclave payée.

Il était ainsi conçu :

« Moi, Hélène Bourgeons, je reconnais m'enrôler comme écuyère dans la troupe de Mrs Frédéric, William, John Quindler, pour une durée de quatre années, et aux conditions suivantes :

« 1° Mrs Frederic, William, John Quindler s'engagent à me payer trois cent cinquante francs par mois, laquelle somme sera due le dernier jour du mois à midi ;

« 2° A me fournir les costumes de luxe des représentations, lesquels costumes leur appartiendront ;

« 3° A me laisser un chien de la race dite caniche, répondant au nom de Mouton, lequel chien aura ses entrées dans le cirque en même temps que moi, et ne pourra être abattu qu'en cas de rage déclarée.

« Et moi, Hélène Bourgeons, je m'engage :

« 1° A paraître dans toutes les représentations du soir, ainsi que dans toutes les matinées, si mes directeurs le jugent utile.

« 2º A monter en haute école, en travestie, en danseuse légère ou sauteuse intrépide, suivant les nécessités du programme, sans que jamais je puisse réclamer tel ou tel rôle plus à ma convenance.

« 3º Les frais de nourriture, logement, accident, maladie, restent complètement à ma charge.

« 4º Il est entendu que MMrs Quindler ne seront jamais informés ni mêlés aux scènes de jalousie, bataille ou mauvais coups, qui pourront s'élever entre moi et les autres femmes de la troupe.

« 5º Je ne pourrai, sous aucun prétexte, m'absenter de la ville où séjournera le cirque, et je devrai être prête à m'y rendre à toute heure, même pendant les répétitions, si mes directeurs l'exigent.

« 6º Je n'aurai aucune réclamation à faire pour le parcours que suivra le cirque, étant obligée de le suivre, même en Europe, s'il y vient pendant les quatre années de mon engagement.

« Lesquelles conditions je signe après lecture et en connaissance de cause; en cas de manquement à ces conditions, MMrs Frédéric, William, John Quindler, seront en droit d'exiger de moi un dédit de deux mille francs, et je tomberai sous les peines prescrites par la loi.

« Fait à Paris. Signé : John Quindler, en l'absence de son père et de son frère, et signé à Tours par moi, Hélène Bourgeons, en présence de M. Calvani, mon directeur actuel, et remplaçant mon père infirme.

« Lequel contrat sera enregistré et soumis aux lois et conditions établies, aussitôt notre arrivée en Amérique.

« John QUINDLER. »

— Donnez, dit Hélène, qui avait écouté cette lecture sans faiblir.

Elle prit une plume et signa d'une main ferme, tandis que Johanna, la tête penchée sur la table pleurait convulsivement.

X

Départ pour l'Amérique.

———

La représentation au bénéfice d'Hélène Bourgeons devait nécessairement attirer beaucoup de monde. On parlait encore de la soirée d'amateurs donnée par la jeunesse élégante de Pau, qui avait eu son chef de manége correct, son clown désopilant, son écuyer habile et même sa sauteuse légère, qui, sous une perruque blonde, cachait à merveille des traits masculins. Quelques vieux grognards s'étaient bien un peu moqués de tout cela et avaient dit dans leurs moustaches hérissées : « Qu'est donc devenu notre vieux proverbe : A chacun son métier ? » On les avait laissés dire ; désormais les cirques n'étaient plus du domaine exclusif des enfants. La représentation d'Hélène était la *great attraction* du jour, et les places, bien que doublées, avaient toutes été retenues longtemps à l'avance.

Quant à la jeune fille, indifférente au bruit qui se faisait autour de son nom, elle préparait son départ avec un courage intrépide. A force de tendresse et de raisonnement, elle était arrivée à calmer Johanna, et toutes deux avaient été installer le vieux Bourgeons et Rose à l'hôpital des incurables. La somme envoyée par John Quindler à M. Calvani pour payer le voyage d'Hélène avait servi aux premiers frais, et l'administrateur s'était montré fort coulant sur les époques de paiement désignées par la jeune fille. On sentait qu'au courant de la situation et très touché de son dévoûment, il voulait concourir à une si bonne œuvre.

Le soir de la représentation était arrivé ; par un dernier mouvement de coquetterie, Johanna voulut que son amie fût éblouissante pour faire dignement ses adieux à un public dont elle avait conquis l'admiration. Aussi, lorsqu'elle parut dans son costume bleu et argent, la salle entière l'applaudit. Une couche de rouge, qu'elle avait étendue à la hâte sur ses joues, donnait un merveilleux éclat à son regard, jamais on ne l'avait vue si jolie.

Elle entra, calme, souriante comme de coutume, et parut regarder la foule ; mais ses yeux se fixèrent, comme malgré elle, sur une loge qui, par un hasard étrange, était restée vide ce soir-là. Louée depuis plusieurs jours, les locataires de cette loge, ne pouvant venir, avaient négligé de prévenir le directeur, et les places étant payées, peu importait dès lors qu'elle fût occupée ou non.

Hélène sauta légèrement sur son cheval ; elle voulait essayer de combattre une tristesse amère qui l'envahissait ; à chaque tour rapide, ce coin sombre lui apparaissait : c'était bien là l'image de sa vie future, le noir, l'inconnu. Qu'allait-elle devenir au milieu de ces étrangers, dans ce pays lointain, où, perdue, isolée, elle aurait peut-être bien à souffrir ? Et, machinalement, elle continuait à sauter au-dessus des écharpes, à travers les cerceaux fleuris. Cependant la loge vide se faisait plus sombre, plus lugubre ; c'était comme un trou béant dans lequel il lui semblait qu'elle allait s'engloutir.

A bout de force, elle arrêta son cheval et tomba dans les bras de M. Calvani, qui, s'apercevant de son trouble, s'était élancé pour la recevoir.

— Qu'avez-vous ? demanda-t-il, effrayé de sa pâleur.

— Rien, un étourdissement subit ; je puis m'en aller, n'est-ce pas ?

— Certainement, partez vite, on dirait que vous allez vous trouver mal.

Il la soutint légèrement, pendant qu'elle saluait le public, et, indifférente aux applaudissements qui la rappelaient, elle s'enfuit sans se retourner.

En entrant dans sa loge, elle tomba à genoux pour demander à Dieu de venir à son aide et de faire cesser cette angoisse horrible qui venait de la saisir ; peu à peu, le calme se fit dans son cœur. Il était impossible que Dieu l'abandonnât, et, au milieu des souffrances qui, peut-être, l'attendaient, il lui ménagerait sans nul doute des consolations qui l'aideraient à remplir son devoir sans regret et sans faiblesse.

Aussi, lorsque Johanna, pâle, émue, vint lui apporter une dépêche, arrivée à M. Calvani, dans laquelle on le prévenait qu'elle devait partir immédiatement pour Le Havre et s'embarquer sans même attendre John Quindler, elle reçut cette nouvelle presque en souriant ; Dieu la soutenait dans son sacrifice.

Elle dit adieu à tous ses camarades le soir même, et le lendemain, dès cinq heures, elle quittait Tours, après avoir serré une dernière fois Johanna dans ses bras, lui avoir promis de lui écrire le plus souvent possible, et surtout de lui garder un tendre et fidèle souvenir.

L'après-midi de ce même jour, Mme de Molney, après quelque temps donné à sa famille, aux environs de Châtellerault, arrivait à Tours avec ses enfants.

En passant dans la rue Royale, une grande affiche bleue, placardée sur tous les murs, attira ses regards ; elle s'approcha pour la lire. Rien de bien nouveau dans le commencement de cette réclame, qui ressemblait à toutes celles qu'elle avait lues si souvent.

CIRQUE CALVANI

Quatre-vingts personnes, cinquante chevaux.
Ce soir
Grande représentation à huit heures et demie,
Travail sans selle,
Les équilibristes au trapèze,
Le tourniquet volant,
Etc., etc.

Enfin, Mademoiselle Hélène, notre jeune et incomparable étoile paraîtra dans la scène brillante des écharpes.

Cette représentation est entièrement à son bénéfice et elle fera ce soir ses adieux à un public qui n'a cessé jusqu'à ce jour de lui prodiguer ses applaudissements.....

A ce nom d'Hélène, qui lui rappelait de si touchants souvenirs, Mme de Molney tressaillit. Allait-elle enfin retrouver la jeune écuyère, si souvent réclamée aux cirques de passage, à Maubourguet et à Pau, et sur les traces de laquelle rien ne pouvait la remettre? Elle avait été longtemps étonnée du silence étrange de la petite fille, qui ne répondait pas à ses lettres les plus affectueuses lorsqu'elle avait encore son adresse, et elle avait fini par ne plus lui écrire. Malgré tout, elle ne l'oubliait pas et cherchait toujours à la retrouver.

Espérant avoir quelques détails sur Mlle Hélène, elle rentra à l'*Hôtel du Faisan*, où elle était descendue : là on ne savait rien de particulier sur l'écuyère, si ce n'est qu'elle avait un succès fort grand, chaque soir, lorsqu'elle paraissait dans le cirque, et qu'on la disait aussi bonne que charitable.

— C'est évidemment une personne extraordinaire pour le milieu dans lequel elle vit, ajouta la maîtresse de l'hôtel : ma fille l'a souvent rencontrée de fort bon matin à l'église, prosternée à terre et priant avec ferveur.

— Comment est-elle? demanda Mme de Molney.

— Grande, blonde, des cheveux dorés magnifiques et des yeux bleu pervenche, comme on en voit rarement.

— Ce cirque Calvani est depuis longtemps à Tours ?

— Depuis le commencement des foires ; voyant qu'ils avaient toujours du monde, ils sont restés ici et avec eux presque toutes les baraques cantonnées sur les quais, mais je crois qu'ils partent sans tarder : la représentation d'hier soir, était, disait-on, une représentation d'adieu.

— Je vais aller tout de suite m'informer où demeure cette jeune fille, car je désire vivement la voir, dit Mme de Molney en quittant le bureau où se tenait la maîtresse de l'hôtel ; lorsque mes enfants rentreront avec ma cousine, Mme de Larence, ayez l'obligeance de leur dire que je reviens dans un moment.

Et tout heureuse, elle se dit en elle-même :

« Si je retrouvais enfin ma pauvre Hélène, ainsi transformée, angélique, je pourrais me rendre le témoignage que je n'ai pas perdu mon temps en la recueillant quelques mois à Lazères. »

Elle se dirigea vers les quais et aperçut de suite un va-et-vient qui annonçait des préparatifs de départ ; une jeune fille brune, assez pâle, était assise au comptoir la tête appuyée sur sa main : elle paraissait triste ou ennuyée.

— Que demandez-vous, Madame? dit-elle en

voyant Mme de Molney monter les gradins ; il n'y a plus de représentation : celle d'hier soir a clôturé notre séjour ici.

— Je ne viens pas pour des billets, Mademoiselle, je désirerais parler à M. Calvani.

— Il est absent.

— Pourriez-vous me dire quand il reviendra ?

— Oh ! pas avant demain ou après-demain soir, il est allé préparer notre arrivée à Poitiers, dit la jeune fille, qui n'était autre que la désolée Johanna.

— Peut-être alors pourriez-vous me donner les renseignements que je désire, Mademoiselle, reprit Mme de Molney en se rapprochant encore : voudriez-vous bien me dire le nom de famille de la jeune personne désignée sur l'affiche sous le nom de Mlle Hélène ?

— Qu'est-ce que cela peut vous faire ? répondit Johanna, qui décidément paraissait être de fort mauvaise humeur.

Mais Mme de Molney ne se laissait pas décourager pour si peu ; elle sourit, et s'appuyant elle aussi sur le comptoir :

— Vous me trouvez fort curieuse à ce que je vois, mais je vais vous expliquer en quelques mots pourquoi j'ai un intérêt tout particulier à connaître le nom de cette jeune fille : il y a quelques années, j'ai pris chez moi une jeune

enfant pour la préparer à sa première communion; elle se nommait Hélène et appartenait,
elle aussi, à un cirque; je me suis beaucoup
attachée à cette petite fille ; rappelée par son
père, elle a dû me quitter au bout de quelques
mois, et malgré toutes mes recherches, je n'ai
jamais pu retrouver sa trace : voilà pourquoi
ce nom d'Hélène a attiré mon attention en l'a-
percevant sur votre affiche et je voudrais savoir...

— Mais alors, vous êtes Mme de Molney,
s'écria Johanna en se levant brusquement;
ah ! si vous étiez arrivée plus tôt, Madame,
peut-être l'auriez-vous empêchée de partir !

— Comment, c'est bien Hélène Bourgeois
qui est ici ?

— Hélas ! elle n'est plus chez nous, elle a
pris un engagement dans un cirque américain et elle nous a quittés.

Johanna raconta d'une voix tremblante,
toute voilée par les larmes, le sacrifice héroïque
d'Hélène, sacrifice qu'elle s'était cru imposé
par la maladie de Rose et par l'état de son
vieux père; aussi, malgré toutes ses suppli-
cations, toutes les observations de son directeur, elle était partie, non sans regrets, mais
avec un courage inébranlable.

— Quelle douloureuse chance que je ne sois

pas arrivée plus tôt ! répétait à chaque instant
Mme de Molney ; je connais l'administrateur
de l'hôpital, il est un peu mon parent et nous
aurions obtenu l'admission de M Bourgeons et
de sa fille dans des conditions exceptionnelles ;
et même si cela avait été nécessaire, on aurait
fait parmi nos amis une petite collecte pour
venir en aide à cette malheureuse enfant.

— Hélène ne l'aurait point acceptée, Madame ; elle était si fière, si heureuse, de
gagner à elle seule la vie des siens ! Elle n'a
même pas voulu entendre de partager avec moi
les quelques économies que j'ai pu faire ;
ah ! si vous saviez combien je la regrette,
quel vide elle va faire dans ma vie ! c'était ma
sœur d'adoption, ma seule et véritable amie !...

— Mais n'y aurait-il donc aucun moyen
pour l'arrêter encore, pour empêcher son départ ?

— Elle a dû s'embarquer ce matin au Havre,
la dépêche que lui a envoyée son nouveau directeur était formelle, elle devait partir immédiatement.

— Mon Dieu ! quel malheur que M. Calvani
soit aussi absent ! Il nous aurait peut-être
donné un bon avis.

— La seule personne qui pourrait vous ren-
seigner, Madame, serait le Père Jérôme, un

capucin qui prêche une mission à Saint-Julien ; Hélène allait le voir souvent, il la connaît donc, il sait ce qu'elle était pour nous tous, mais comment la faire revenir? Un dédit coûterait horriblement cher; d'ailleurs M. Quindler ne voudrait probablement pas en entendre parler.

— Enfin, nous allons voir : dans tous les cas, dès demain matin j'irai trouver ce bon Père et je vous tiendrai au courant de mes démarches; je suis enchantée d'avoir fait votre connaissance, Mademoiselle, et puisque vous aimez comme moi tendrement Hélène, ce sera un lien entre nous, dit Mme de Molney en tendant amicalement la main à Johanna, qui la serra respectueusement.

En rentrant à l'*Hôtel du Faisan*, Mme de Molney trouva Roger et Alice qui l'attendaient avec impatience.

— Ma chère mère, s'écria le jeune homme, qu'êtes-vous donc devenue? Nous débouchions dans la rue Royale quand vous disparaissiez mystérieusement sur les quais ; sans notre majestueuse cousine, Mme de Larence, nous vous aurions rejointe, Alice et moi, mais elle s'est révoltée et nous a dit que nous avions l'air de francs campagnards, en courant ainsi dans les rues, et nous avons dû modérer notre allure, malgré notre curiosité. Voyons, maman, qu'avez-vous été faire par là, confessez-vous un peu ?

— Tu serais bien en peine de le deviner, mon fils, j'ai donc envie de mettre ta perspicacité à l'épreuve : allons, vois un peu ce que j'ai pu aller faire sur les quais à cette heure-ci.

— Voir les baraques, on m'a dit qu'il y en avait encore, dit Roger en riant.

— Puisque tu es si habile, je ne te laisse pas chercher davantage, car si je n'ai pas été absolument voir les baraques, j'ai été au cirque, mon fils, ne t'en déplaise, et j'ai retrouvé par le plus grand des hasards la trace d'Hélène Bourgeons, la petite écuyère de Maubourguet.

— Hélène est ici, quel bonheur ! Comme je serai contente de la revoir ! dit vivement Alice.

— Elle n'y est plus, elle vient de partir pour l'Amérique, ayant signé un engagement dans un cirque où elle sera, je le crains, fort malheureuse ; il y aura donc peut-être moyen de l'en dégager, j'irai m'informer de cela demain matin ; comme elle n'est partie qu'à regret, je ferai mon possible pour faire rompre cet engagement : je vous conterai cela en détail plus tard, maintenant habillons-nous au plus vite pour aller chez les Larence ; si nous arrivons en retard, cette bonne cousine ne nous traitera plus de francs campagnards, mais de gens mal élevés, ce qui sera beaucoup plus grave.

Quelques heures plus tard, Mme de Molney oubliait un peu le souci que lui causait le sort de la pauvre Hélène en jouissant avec un légitime orgueil des succès de ses enfants.

Elle avait le droit d'en être fière : Roger, avec son air loyal, bon garçon et sa gaîté toute méridionale, trouvait partout un sympathique accueil. Quant à Alice, dans sa robe de gaze blanche, elle semblait une poétique apparition : les compliments qu'on venait faire tout bas à l'heureuse mère ne pouvaient la laisser indifférente : mais, pensait-elle, combien ses enfants valaient mieux encore que ce que l'on voyait, quels trésors que leur cœur ! Elle s'était dévouée, sacrifiée pour eux toute sa vie, mais, grâce au ciel, elle en était largement récompensée.

Le lendemain, malgré un peu de fatigue causée par la soirée de la veille, Mme de Molney était à la messe de huit heures, dans l'église de Saint-Julien ; elle se levait pour aller s'informer auprès du sacristain où et quand elle pourrait rencontrer le Père Jérôme, lorsqu'un bruit de sandales qu'on traîne et de grains de chapelet qui se choquent la fit se retourner : le vieux capucin se rendait à son poste dans la sacristie, elle l'y suivit à l'instant.

La connaissance fut vite faite : dès les pre-premiers mots, le bon Père devina que c'était la première bienfaitrice d'Hélène qu'il avait devant lui : la jeune fille lui avait raconté en détails sa vie à Lazères, détails dont le souvenir restait si profondément gravé dans son cœur.

— Comment se fait-il alors, mon Père, qu'elle n'ait jamais donné signe de vie ? Je l'ai accusée d'abord d'ingratitude, d'indifférence ensuite; pauvre enfant, comme elle a dû souffrir !

— On supprimait vraisemblablement vos lettres et les siennes, car on avait tout intérêt à ce qu'elle vous oubliât, on le croyait du moins; elle m'a avoué que, dans un moment de désespoir, elle s'était promis à elle-même de ne jamais chercher à vous revoir !

— La pauvre chère enfant ! Mais maintenant, mon Père, puisque je ne suis pas arrivée à temps pour empêcher ce départ, n'y aurait-il aucun moyen de la faire revenir en France? Il me semble qu'en donnant une indemnité à M. Quindler, il consentirait à

rompre son traité avec elle ; d'un autre côté,
je me fais fort d'obtenir que les deux malheureux qu'elle a laissés à l'hospice ne soient plus
à sa charge. Que pensez-vous de tout cela,
mon Père? J'agirai d'après vos conseils.

Le Père Jérôme s'était appuyé sur le grand
buffet de la sacristie et paraissait réfléchir
profondément.

— Les voies de la Providence sont inson-
dables, dit-il enfin, et puisque Dieu n'a pas
permis que vous arrivassiez à temps pour empêcher son départ, est-il dans ses desseins
que vous la fassiez revenir? Je ne le pense
pas ; Hélène a une nature d'élite, capable de
tous les dévouements et de tous les sacrifices; laissons-lui accomplir son devoir jusqu'au bout ; qui nous dit, d'ailleurs, que là-
bas, comme ici, elle n'a pas sa mission à
remplir? Tout ce qui l'entoure subit bientôt sa
douce influence; son secret désir eût été de
se donner entièrement au Seigneur, et d'aller
rejoindre après la mort de son père la sœur
Marthe à Gênes, mais je l'ai dissuadée de ce
projet; il est bon qu'il reste dans le monde
des cœurs vaillants et forts pour apprendre à
tous que la vertu est le seul chemin du bonheur. Dieu s'est chargé de me donner raison
en lui faisant retrouver presque miraculeu-

sement Rose et en lui imposant de nouvelles charges. Croyez-moi, Madame, laissez-la se dévouer ; libre à vous de venir en aide à ses parents et d'adoucir leur sort ; mais qu'elle ne sache pas d'où vient ce secours ; pour son repos, il vaut mieux qu'elle se croie encore oubliée par vous.

— Mais, mon Père, je voudrais pourtant lui écrire.

— Pourquoi ?... Vous allez augmenter ses regrets d'avoir quitté la France, et, si elle sait que vous ne l'avez point oubliée, elle souffrira doublement d'être ainsi partie au moment de vous revoir. Son sacrifice a été rude, croyez-le bien, et ne le rendez pas plus douloureux encore. Dieu permettra, j'espère, que vous puissiez la retrouver plus tard, car elle est digne de votre estime et de votre amitié. Par prudence, je vais recommander à Johanna de ne point lui parler de vous dans ses lettres. Elle en comprendra la raison et gardera le silence.

Mme de Molney se retira, sans oser insister, et, au grand désappointement d'Alice, on ne fit aucune démarche pour faire revenir la pauvre Hélène, à laquelle on devait laisser tous les mérites de sa noble action ; Johanna fut plus difficile à persuader ; le Père Jérôme et même Mme de Molney durent employer toute leur éloquence pour faire entendre raison à la fougueuse Espagnole, qui ne se consolait pas du départ de son amie.

Cependant, le cirque avait roulé sa grande toile, et on se disposait à quitter Tours. Dans ce même moment, Johanna, tout émue, regardait avec une admiration reconnaissante une jolie bague que Mme de Molney venait de lui offrir comme cadeau de noces : son mariage avec Jonas Bayle était définitivement fixé à quinze jours de là.

XI

Le cirque Quindler.

———

En arrivant le soir au Hàvre, le premier soin d'Hélène fut de s'informer s'il n'y avait pas en rade un bâtiment en partance pour New-York. En effet, le *Saint-Vincent* devait lever l'ancre le lendemain au point du jour; elle arrêta sa place, et, après une nuit sans sommeil, elle s'embarqua vers cinq heures, tâchant de conserver tout son courage.

Quelques heures plus tard, elle était en pleine mer; on n'apercevait plus les côtes de France que comme un point vague à l'horizon. Debout sur le pont, elle était restée, les yeux fixés au rivage, jusqu'à ce que ses lignes, confondues avec les nuages, eussent

12

entièrement disparu à ses regards. Alors, un
sanglot, longtemps réprimé et qui éclatait
malgré elle, la fit descendre précipitamment
dans sa cabine. Elle se rendait compte qu'elle
mettait un monde entre elle et ceux qu'elle
aimait.

Les premiers jours passèrent tristement,
mais toujours courageuse et pour essayer de
s'arracher à ses pénibles pensées, elle se mit à
écrire à Johanna : tout son cœur passait dans
sa lettre, et, à plusieurs reprises, elle fut obligée
de l'interrompre, ses larmes l'aveuglant.

« Est-il donc vrai, ma chère Johanna, lui
disait-elle, que nous nous sommes quittées,
que nous n'allons plus vivre ensemble, que
nos deux existences, qui n'en faisaient qu'une
jusqu'ici, vont devenir des existences diffé-
rentes, séparées ? Oui, tout cela est vrai, hélas !... La Providence l'a voulu ainsi ; nous
devons nous soumettre et adorer ses desseins.
Il nous reste du moins une suprême consolation : si ces mers immenses vont nous séparer, si nous ne pouvons plus contempler le
même ciel, si le soleil ne nous éclaire plus
aux mêmes heures, ce sera le même Dieu qui
nous consolera toujours, qui nous protègera
dans tous les dangers, qui nous aidera dans
nos souffrances de chaque jour ; nous ferons

les mêmes prières ; nous irons dans des églises semblables chercher les mêmes divines consolations. Si tu savais, Johanna, combien ces pensées me sont utiles pour soutenir mon courage !

« Tout à l'heure, en me voyant si isolée sur le pont de ce grand bateau, qui m'arrache à mon pays, à tous ceux que je connais, à mon pauvre vieux père, qui mourra peut-être pendant mon absence, à toi, Johanna, ma sœur si aimée, en me voyant entourée de cette foule d'étrangers bruyants, insensibles, j'ai eu un moment de défaillance. Oh ! comme j'aurais couru alors vers un visage ami, comme j'aurais accueilli, dans ce moment de détresse un être connu, sinon aimé ! Mouton même n'était pas là ! J'ai senti que j'allais pleurer, pleurer devant ces passagers indifférents, qui m'auraient peut-être crue folle, et je me suis sauvée précipitamment dans ma petite cabine. Là, en priant, j'ai bientôt eu honte de ma faiblesse ; je me suis souvenue du jour où j'avais signé mon engagement, je me suis souvenue du courage que Dieu m'avait donné alors, des paroles que je trouvais dans mon cœur pour te consoler, pour te faire accepter notre sacrifice ; j'ai pensé à mon bonheur en allant installer mon père à l'hôpital, en voyant la figure de Rose

transfigurée, j'ai senti que ce bien-être dont
ils allaient jouir était mon ouvrage, mais que
maintenant il fallait payer ce bien-être tant désiré. J'ai demandé pardon à Dieu de ce moment
de découragement, et je me suis relevée, forte
et consolée, tout heureuse de pouvoir de loin
causer ainsi avec toi, ma chérie.

« Je n'ai point le mal de mer, et je tâche
de me laisser distraire par les petits événe-
ments du bord. J'ai fait la connaissance de
deux ou trois passagers, et je vais te faire
leur portrait : voici d'abord mes compagnes
de chambre, Mlles Jeanne et Félicie Grandon,
puis une veuve anglaise, Mistress Panell ;
nous vivons toutes quatre ensemble et faisons
très bon ménage. Mlles Grandon m'amusent
malgré moi ; figure-toi qu'elles n'ont jamais
voyagé, et, le premier jour, les pauvres filles
se croyaient perdues sur ce grand bâtiment.
Félicie, qui est fort bavarde, m'a déjà raconté
leur histoire. Elles vont à New-York recueil-
lir l'héritage d'un oncle fort riche, dont elles
connaissaient à peine l'existence, qui ne leur
avait jamais donné signe de vie, et qui, dans
son testament, les faisait ses légataires uni-
verselles. Ayant toujours vécu dans la gêne,
elles ont littéralement la tête tournée à la pensée de posséder une vraie fortune. Ce sont

des projets à n'en plus finir ; elles nous ré-
veillent pendant la nuit, et nous entendons les
discussions les plus comiques. Il faut te dire
que ces dames se croient encore toutes jeunes,
bien que Jeanne, la cadette, ait au moins
quarante-cinq ans : elle a renoncé au mariage,
mais elle compte que sa sœur trouvera un
beau parti.

« — Tu n'as jamais été mieux, lui disait-
elle hier.

« Et la pauvre Félicie se le persuade ; elle
combine même sa toilette de noces : satin et
moire avec du point d'Angleterre et un voile
à la Juive !...

« Mistress Panell reste ébahie en entendant
de pareils discours.

« — Les idées si chères à ma nation sont
froissées par de semblables paroles, me dit-elle
dès que la future fiancée et sa sœur nous lais-
sent un instant. Comment s'occuper de meu-
bles et de robes sans seulement connaître la
personne à laquelle on unira son sort, sans
savoir même si elle existe !

« Mistress Panell est du reste très bonne
pour moi ; nous causons beaucoup ; elle me
plaint de mener une vie si agitée, si nomade,
et m'a même proposé de devenir sa demoi-
selle de compagnie ; mais, hélas ! mon traité

est bel et bien enregistré sans doute, à l'heure
qu'il est, et il n'y faut pas songer ; d'ailleurs,
cela ne me tenterait que parce qu'elle me ra-
mènerait en Angleterre, c'est-à-dire assez
près de toi. C'est une femme-auteur ; elle tra-
vaille énormément et ne vient en Amérique
que pour étudier sur les lieux les mœurs du
pays et pour les décrire ensuite avec plus de
vérité et d'intérêt.

« Je lui rends quelques petits services en
recopiant ses manuscrits, et elle aussi tâche
de m'être utile en m'apprenant un peu mieux
l'anglais. C'est ainsi que nous passons notre
temps, mais, dès le dîner, elle boit deux verres
de *porter*, et s'endort d'un profond sommeil.
Alors, je monte sur le pont, et là, en face de
cette belle mer si bleue, si jolie, je reste à rê-
ver, assise à l'écart ou appuyée sur la passerelle, les yeux perdus dans ces deux immen-
sités : le ciel et l'Océan

« Que cette foule animée qui m'entoure, qui
passe et repasse à coté, me paraît peu de
chose dans ces moments-là ! A l'arrière, on
rit, on bavarde, le piano ne s'interrompt guère,
on a déjà organisé un petit bal dans le salon.
Si tu étais là, Johanna, tu envierais peut-être
ces femmes qui ont l'air de tant s'amuser, tes
petits pieds s'agiteraient en cadence ! Eh bien !

ton amie ne songe guère à danser ; ces
rythmes si connus lui rappellent notre cirque ;
cette musique l'engourdit doucement.

« Hier soir, un vieux Monsieur s'est arrêté
devant moi.

« — Souffrez-vous, Mademoiselle ? m'a-t-il
demandé avec intérêt.

« Je me suis redressée toute surprise ; machinalement, j'avais appuyé ma tête contre un
des piliers de la passerelle, et mes yeux étaient
humides.

« — Je suis le médecin du bord, a-t-il
ajouté, et, vous voyant si pâle, j'ai craint que
vous ne fussiez souffrante.

« Je me suis hâtée de le rassurer, et nous
avons causé ensemble un moment. Ce docteur
paraît excellent, et je suis bien sûre qu'il viendra de temps en temps me tenir compagnie,
lorsque Mistress Panell sera plongée dans son
sommeil réparateur. Il m'a averti que nous aurions la messe demain matin, car c'est dimanche. Je n'ai pas encore vu notre aumônier.

« *Mardi*..... — Je n'ai rien pu t'écrire, ces
deux jours-ci, ma chère Johanna ; nous avons
eu hier une petite tempête, et tu ne peux te
figurer ce magnifique spectacle. La mer en fu-
rie, de vraies montagnes d'eau, qui avançaient
en bouillonnant, et paraissaient à chaque fois

vouloir tomber sur nous et nous engloutir ;
le vent faisait craquer notre mâture ; un ciel
sombre, impressionnant ; tout était noir autour
de nous, et les nuages de fumée qui sortaient
de la machine étaient la seule note blanchâtre
qu'on pût apercevoir.

« Tu me trouves très sentimentale ; ne te
moque pas de moi, c'est l'influence de la so-
litude. Tout le monde était malade et l'est encore ; seule, je me suis risquée sur le pont, la
tête et les épaules couvertes de ton joli châle,
ton dernier cadeau, chère sœur ! Là, j'ai vu le
capitaine et les hommes de l'équipage, chacun
à son poste, mais paraissant fort tranquilles,
il n'y avait aucun danger.

« Je n'osais pas lâcher la rampe de l'escalier et m'aventurer seule plus loin, lorsque
mon ami, le vieux docteur, est venu à mon
secours, et, tant bien que mal, nous avons
fait quelques pas sur le pont. Là, je ne pouvais m'arracher à ce spectacle si grandiose ;
il a fallu cependant redescendre, le docteur
me prédisant au moins une fluxion de poitrine
comme suite de mon imprudence.

« Au salon, il n'y avait plus personne,
qu'une pauvre jeune femme et ses trois enfants, qui criaient de faim et de frayeur ; la
malheureuse souffrait tellement, qu'elle n'a-

vait plus conscience de son état et n'entendait
plus ses enfants. Je me suis occupée bien vite
de ce petit monde ; je les ai calmés, rassurés,
et, aujourd'hui que tout est rentré dans l'ordre,
que le soleil a reparu, ces enfants sont deve-
nus mes petits compagnons, d'autant plus
que leur mère, Mme Henne, est encore malade.
L'aîné a sept ans ; il me fait des réflexions
très sérieuses, extraordinaires pour son âge,
tout à l'heure, il me disait :

« — Vous êtes toute seule ? Alors, qui vous
donne à manger, qui vous fait vos habits ?...

« — Le bon Dieu s'occupe de moi.

« — Qui est-ce, le bon Dieu ?

« — Eh bien ! c'est notre Père qui est là-
haut ; vous n'en avez jamais entendu parler ?

« — Non, jamais ; je demanderai à maman
si elle le connaît.

« Pauvre petit !... Je vais essayer d'ouvrir
cette jeune âme et lui apprendre quelques petites prières. Je remercie Dieu, qui m'a envoyé
cette occasion de faire peut-être un peu de
bien.

« *Mercredi matin*, — Je viens finir ce journal, écrit en mille fois. On nous a avertis qu'il
fallait tenir prêtes nos correspondances, le
paquebot qui doit les prendre devant nous
croiser dans ces parages. Je te quitte donc,

ma sœur chérie ; mais ma pensée et mon
cœur restent avec toi. Courage et confiance !
car je le répète les dernières paroles de la
bonne sœur Marthe, de Gênes ; si nous ne
nous revoyons pas ici-bas, nous avons toujours
l'espoir de nous revoir là-haut. Pardon, amie
si chère, de jeter cette note triste dans nos
adieux ; elle est tombée presque malgré moi
de ma plume.

    « A Dieu et toujours à toi,

                              « HÉLÈNE. »

Après le départ de cette longue lettre, Hélène se retrouva très seule, malgré ses occu-
pations diverses et tout ce qu'elle imaginait
pour se distraire. Heureusement le steamer
était fin voilier, et le temps, bien qu'assez
mauvais dans cette fin de septembre, ne retar-
dait pas la traversée. En douze jours, on arriva à Long Island, et, deux heures après, on
entrait dans la baie de New-York.

La vue de la terre fit éprouver à Hélène une
sensation délicieuse. L'agréable verdure des
coteaux qui l'entouraient, la propreté et l'élégance des habitations qui bordaient la côte, la
fertilité surprenante des terres, le nombre in-
calculable des navires de toutes grandeurs qui
entraient et sortaient du port, tout cela réjouis-

sait l'œil, après une longue traversée. La jeune fille, en posant le pied sur le sol de l'indépendance, se sentit forte et vaillante pour supporter les difficultés qu'elle allait avoir sûrement à vaincre dans ce pays si loin de sa terre natale, dans ce pays dont elle ne connaissait qu'imparfaitement la langue, et dont les usages et les mœurs allaient certainement l'étonner.

New-York, une des plus anciennes villes du continent, est sans contredit une des plus belles, soit par sa position, soit par ses édifices ; c'est à la supériorité de sa situation qu'elle doit la préférence que lui accordent les étrangers qui viennent habiter les États-Unis.

Placée à l'embouchure de deux rivières, elle reçoit les plus gros navires, qui peuvent remonter en toutes saisons jusqu'à ses quais. Elle a ainsi un avantage considérable sur tous les ports de l'Amérique.

Là, tout homme naît commerçant ; il trafique avec tout et sur tout. Un étranger a-t-il quelques relations avec lui, il sera presque toujours dupe, s'il est droit et franc, et l'Américain rira de sa bonne foi et de sa simplicité. Ce commerçant est économe jusqu'à l'avarice ; il ne fait usage de sa fortune que pour satisfaire son goût excessif pour le vin et les liqueurs fortes. Éprouve-t-il quelque malheur, c'est en buvant qu'il se console. Va-t-il le dimanche à la campagne, pour se reposer des fatigues de la semaine, il emporte toute une cave avec lui, et sa seule distraction est de boire. Aussi demeure-t-il absolument indifférent aux beautés de la nature. Un ruisseau coulera-t-il dans le cadre le plus ravissant et le plus poétique, ce ne sera jamais pour lui qu'un ruisseau, dont les eaux, bien conduites et bien aménagées, pourraient servir à l'industrie. Une montagne contient peut-être des mines et devra être fouillée, sans s'occuper des prairies qui la couvrent. Il en est de même de tout. Un cigare de la Havane, une bouteille de madère et un journal financier, sont les seules jouissances de sa vie, et c'est en leur compagnie qu'il la passe.

Le cirque Quindler n'était plus à New-York, et une nouvelle dépêche de John, trouvée par Hélène à son arrivée, lui annonçait qu'elle devait se rendre à Philadelphie, où on séjournerait pendant quelques mois. Cette dépêche devait lui servir d'introduction près de son père et de son frère, qui, d'ailleurs, étaient prévenus de son arrivée.

Il n'y avait donc pas à attendre, aussi repartit-elle aussitôt pour Philadelphie, et, après un jour de repos, elle se dirigea là où elle pensait trouver les Quindler..

Dès la veille, elle avait rôdé aux environs du cirque, pour tâcher d'apercevoir de loin son nouveau directeur; mais le silence le plus complet régnait derrière les toiles, et tout semblait désert. Au matin, un homme étant là, en train de balayer les marches qui conduisaient au comptoir, Hélène s'adressa à lui.

— Je voudrais parler à M. Quindler, dit-elle en affermissant sa voix.

— M. Quindler ? Il est là, entrez, répondit l'homme sans interrompre son ouvrage.

Hélène monta les marches, et, soulevant une large portière, se trouva dans une sorte de petit salon tendu de draperies rouges. Trois hommes causaient ensemble avec animation. L'un d'eux, grand, maigre, parlait d'un ton d'autorité et devait être le directeur. Hélène s'avança vers lui.

— Monsieur, commença-t-elle en assez mauvais anglais, je viens de France pour m'engager dans votre troupe, et...

— C'est inutile, dit M. Quindler, sans la regarder, nous sommes au complet.

Et, comme Hélène ne bougeait pas, il se retourna brusquement vers elle, et, d'une voix rude, reprit en français :

13

— Vous n'avez donc pas compris : passez votre chemin ; je n'ai besoin de personne. Tous les jours, nous avons des aventurières qui viennent s'offrir sans savoir rien faire ; on ne s'enrôle pas chez moi pour s'amuser, croyez-le bien ! Allez chercher ailleurs.

Hélène s'était redressée. Il lui faudrait donc vivre chez cet être impertinent et grossier. Que cela était loin de la brusque bonhomie de M. Calvani ! Mais, qu'importe? tous ses sacrifices étaient faits, et ce fut presque en souriant qu'elle tendit au directeur la dépêche de John.

— Comment ! c'est vous qui êtes Mademoiselle Hélène Bourgeons, s'écria le vieux Quindler, un peu attrapé ; il fallait donc le dire. Allons, vous allez de suite nous donner un échantillon de votre talent, car vous êtes engagée diablement cher, et je dois vous faire travailler en conséquence, pour ne pas perdre mon argent. Demain, vous débuterez, si tout marche comme je l'espère. — William, allez chercher Gizelle, et faites-lui mettre une selle plate ; Mademoiselle va nous donner une idée de sa souplesse. Quant à vous, continua-t-il en s'adressant à son premier interlocuteur, qui regardait cette scène avec un flegme quasi-britannique, je ne puis pas traiter cette vente, à moins que les chevaux ne soient ici demain à l'heure dite. De par le diable ! les affaires sont les affaires, et un jour de retard peut tout changer.

— Mais le palefrenier qui les conduisait a été tué en route, c'est ce qui a occasionné le retard.

— Que m'importe qu'il soit mort ou vivant ? cela ne me regarde pas. Arrangez-vous pour que les chevaux arrivent demain, ou notre marché est nul.

L'Américain sortit sans répliquer. Il se disait, lui aussi, que le directeur, au fond avait raison, les affaires avant tout. Que faisait la mort de cet homme, et quelle mauvaise chance que les chevaux aient été retardés par cet accident !

M. Quindler avait conduit Hélène dans la salle, et, pendant qu'elle relevait à la hâte sa robe autour de sa taille avec quelques épingles, il s'assura que la selle de Gizelle était solidement sanglée.

— Vous devriez ôter vos bottines ; vous allez glisser, dit William, qui s'était approché d'elle.

— Ce n'est pas la peine ; je suis montée cent fois ainsi, pour des répétitions.

Et, prenant la cravache que le jeune homme tenait encore dans sa main, elle s'élança légèrement sur son cheval.

En deux bonds, elle fut debout, caressant de sa cravache la crinière de Gizelle, pour activer son allure, et regardant tranquillement autour d'elle. Elle fit alors deux ou trois pirouettes sur elle-même, tomba à genoux, se releva comme mue par un ressort, et, sautant plus haut, retomba assise.

Les Quindler la regardaient avec admiration : Hélène venait de se révéler à eux.

— Cela vous suffit-il, leur cria-t-elle pardessus son épaule en continuant à galoper, ou faut-il que je recommence ?

— Non, non, bravo ! dit M. Quindler d'un ton joyeux. Vous avez des aplombs superbes, cela se voit dans une minute. Descendez, cet exercice avec des bottines est parfaitement dangereux.

Hélène arrêta son cheval et glissa à terre, tandis qu'un valet d'écurie venait reprendre Gizelle, enchantée d'avoir fini son manège à si bon marché pour ce jour-là.

— Vous débuterez demain, c'est décidé. Et en haute école, vous montez aussi bien que sur des selles plates je suppose ? demanda M. Quindler.

— J'ai fort peu l'habitude de la haute école, mais j'apprendrai vite.

— Oh ! cela est facile à dire ; un bon cava-

lier ne s'improvise pas, et le maniement de la
bride est toute une affaire. Enfin, vous appren-
drez à vos risques et périls. Je n'ai ici que
Mrs Green pour la haute école, et le public ne
demandera pas mieux que de changer de visage. Soyez demain ici à trois heures, avec
une robe de drap et une bonne cravache pour
la répétition. Votre soirée est libre, nous avons
relâche ce soir.

M. Quindler sortit du cirque, suivi de son
fils, sans se retourner, sans saluer, laissant
Hélène seule sur la piste. Elle sourit et sortit
à son tour. Bien que le milieu dans lequel elle
avait vécu l'eût habituée un peu à tout, les
manières peu polies de ce peuple commerçant
l'étonnaient sans l'émouvoir.

Le lendemain, à l'heure dite, la jeune fille
se rendait au cirque. En entrant, elle trouva
la troupe au grand complet, installée au milieu des bancs vides. Des masses d'enfants,
sales, ébouriffés, en costume de répétition,
escaladaient ces bancs en poussant des cris
perçants, tandis que quatre ou cinq d'entre
eux essayaient de se maintenir en équilibre
sur des fils de fer tendus. Les femmes, en
groupe pressé, attendaient la nouvelle venue
avec impatience. Une d'elles l'avait entrevue
la veille et l'avait déclarée remarquablement

jolie, ce qui était son crime pour ce jeune cénacle. La vue d'Hélène n'était pas faite pour les calmer. Vêtue d'une amazone de drap bleu, qu'elle relevait avec aisance sur son bras, elle s'avançait avec son assurance tranquille, s'occupant fort peu de ce qui pouvait se tramer autour d'elle de colères et de méchancetés ; son cœur, cependant, battait un peu plus vite que d'ordinaire : comment se tirerait-elle de sa première leçon ?

— Nous allons commencer par vous, dit William Quindler, qui était assis à l'écart et semblait l'attendre ; votre cheval est déjà sellé.

Il donna un coup de sifflet, et un homme d'écurie parut aussitôt.

— Amenez Sélim et apportez-moi une longue chambrière, dit-il.

Il ajouta, en se retournant vers Hélène :

— Votre cheval n'est point dressé, et je pense que vous ne serez pas capable de le corriger vous-même aujourd'hui ; cependant, n'ayez pas peur ; il n'est point vicieux ; on vous dressera ainsi tous les deux en même temps.

Il se mit à rire d'un rire malhonnête.

Hélène ne répondit rien : elle examinait un superbe cheval arabe, que l'on conduisait dans le cirque et qui secouait avec impatience sa lourde bride. Elle s'en approcha ; elle remarqua les gros yeux intelligents de l'animal et se sentit rassurée, peut-être arriverait-elle à s'en faire un ami ? Elle le flatta de la main et se mit en selle avec confiance.

La première leçon ne fut pas brillante : à chaque volte, la main inexpérimentée d'Hélène faisait cabrer son cheval, ce qui soulevait un éclat de rire autour d'elle, et ce qui valait un coup de chambrière au violent Sélim, qui en était révolté.

— Ce sera long, dit William en l'aidant à descendre ; vous avez la main lourde, mais nous en viendrons à bout. Vous n'êtes point tombée, c'est tout ce qu'on pouvait espérer aujourd'hui ; d'ailleurs, puisque vous pouvez nous servir, pour les représentations, dans d'autres rôles, on a tout le temps de faire votre éducation : ce ne sera qu'un double travail pour vous, ce qui ne nous regarde pas.

Malgré cette prédiction, un mois plus tard, Hélène était en mesure de paraître en public, montant en haute école. La jeune fille avait apporté tant de soin et d'attention aux explications qui lui étaient données, que chaque jour avait amené des progrès rapides ; chaque jour aussi, elle s'était attachée davantage à ce beau Sélim, qui ne servait qu'à elle, et Mouton, qui ne la quittait pas, avait un certain mérite à ne point se montrer jaloux de ce bel animal, qu'Hélène caressait avec tendresse, et qui la suivait du regard quand elle disparaissait.

Un soir, en rentrant chez elle, elle trouva une longue lettre de Johanna. Ces nouvelles de France, de son amie, firent battre violemment son cœur.

« Ma bien chère Hélène, disait Johanna, enfin j'ai ta lettre ; je l'attendais avec tant d'impatience que j'en devenais malade. Tous les jours, je me disais : arrivera-t-elle aujourd'hui ? et tous les soirs, j'avais une déception. Comme nous sommes donc loin l'une de l'autre maintenant ! Mais je n'ose plus me plaindre en te voyant tant de courage. Merci ! merci mille fois, d'avoir causé si longtemps avec moi. En lisant ta chère lettre, je pleurais et riais tout à la fois, au grand amusement de mon mari ; car je suis mariée, chère sœur, et je ne te le disais pas, je suis mariée depuis trois semaines. Jonas est excellent pour moi ; il veut bien ne pas faire attention à mes petites colères ; mon tempérament fougueux d'Espagnole ne lui fait pas peur, et je crois que nous nous entendrons très bien.

« C'est ici, à Poitiers, à l'église de Sainte-Radégonde, qu'a eu lieu notre mariage. Tu comprends que, vu mon chagrin de ton départ, la fête a été calme. Tous nos amis étaient là cependant, et tu devines, n'est-ce pas? que j'aurais préféré n'en avoir aucun, pourvu que ma chère petite Hélène eût été là, à mes côtés. Mais, chut !... je n'ai pas oublié ma promesse, je ne me plaindrai plus.

« Je puis te donner des nouvelles de ton père et de Rose. J'ai été les voir la veille de mon départ de Tours. Ils allaient bien : Rose se remet peu à peu ; elle m'a parlé de toi avec reconnaissance et m'a dit qu'elle t'écrirait dès qu'elle en aurait la force. Ils sont tous deux parfaitement soignés. Il paraît qu'une dame étrangère s'est intéressée à eux et leur a procuré mille petites douceurs. Tu vois, chère Hélène, que Dieu a déjà béni ton dévoûment; nous n'avons plus qu'à le prier de te ramener au plus tôt près de nous, avec ou sans cet horrible cirque américain, que je déteste de confiance, puisqu'il t'a enlevée à notre affection. J'ai dit cela au Père Jérôme, quand je suis allée lui faire mes adieux; il a souri sans répondre au premier moment, puis il m'a fait un sermon sur la résignation. Il est vraiment trop saint; moi, je veux te revoir, je le veux

absolument, et, quand je prie, je m'aperçois
bientôt que c'est là toute ma prière.

« Nos camarades sont presque tous ici; il y
a un concours régional à Poitiers qui attire
beaucoup de monde, et les affaires marchent
assez bien pour nous; François, mon filleul, devient magnifique, ses parents en
sont très fiers et sa marraine aussi : il court
partout tout seul maintenant et vient me rejoindre du plus loin qu'il me voit. Je voudrais
lui apprendre à danser nos danses nationales,
mais Saluzia se moque de moi, il est vraiment
un peu trop petit pour cela. Au cirque tout va
comme à l'ordinaire : les recettes sont bonnes
à ce qu'il paraît, car le patron ne se plaint pas.
Inutile de te dire que tous parlent de toi, je
leur ai lu une partie de ta lettre et ils m'ont
chargée de leurs souhaits les plus sincères pour
ton succès en Amérique; quant à moi, je suis
avantageusement remplacée par une jeune
Belge, Mlle Isa Wamberg, qui est très forte
comme trapéziarque et paraît bonne fille. Charlotte, elle aussi, a fait ses débuts; elle pourra, je
crois, réussir, mais il lui faudra du temps, elle
est tombée deux fois l'autre jour, M. Calvani
était furieux. Adieu, ma sœur aimée, je suis de
cœur avec toi à Philadelphie comme en France
et je t'aime comme tu sais.   « JOHANNA. »

Hélène relut cette lettre avec bonheur à plusieurs reprises : elle aussi écrirait souvent et le temps de son exil lui semblerait moins long.

Le temps passait, en effet ; on allait de ville en ville, le cirque parcourait toute l'Amérique du Nord ; il y avait plus de deux ans qu'Hélène s'était enrôlée sous les terribles directeurs Quindler père et fils : pas un jour ils ne lui avaient témoigné un intérêt quelconque, sauf John, qui, dès son arrivée et presque malgré lui, avait admiré sa vertu ; ils étaient satisfaits de son travail, de sa docilité parfaite, ils la payaient régulièrement et c'était tout.

Quant à ses compagnes, malgré ses efforts, son admirable charité, elle n'avait pu se lier avec aucune d'elles ; chez toutes elle retrouvait la même jalousie ; on n'osait pas lui faire de scènes en public, car sa vue seule commandait le respect, mais on la détestait sourdement et une avalanche de petites méchancetés tombait journellement sur elle.

Hélène n'avait pas l'air de s'en apercevoir. Ses succès allaient croissants en Amérique comme en France ; la foule accourait quand elle devait paraître ; chacun voulait la voir, arrivant au galop sur son cheval, franchissant d'un bond une barre placée devant le couloir d'entrée, faisant cabrer Selim, tout debout et retomber à genoux comme une morne devant le public. Ils étaient beaux tous deux, lorsque Sélim, irrité ou grisé par le bruit et par les lumières, se défendait et résistait à la jeune écuyère; ils luttaient ensemble quelques secondes, le mors du cheval se blanchissait d'écume et les yeux d'Hélène brillaient d'un éclat plus vif, mais le noble animal devait toujours se soumettre et Hélène le maintenait alors à genoux, immobile, comme pour le forcer à lui demander pardon de sa révolte.

Dans ces moments de lutte victorieuse, la foule enthousiasmée l'acclamait, mais Hélène, toujours sérieuse et indifférente, ne mettait pas davantage son bonheur dans des satisfactions d'amour-propre, elle faisait son métier par devoir et cela lui suffisait.

Il était question d'aller faire une tournée en Europe : le cœur de la pauvre enfant tressaillait de joie à cette pensée; elle n'osait pourtant pas trop s'y arrêter; d'ailleurs, irait-on jusqu'en France, ou se bornerait-on à parcourir les villes d'Italie et d'Allemagne ? Alors quelle douleur d'être liée par ce terrible engagement et de ne pouvoir voler dans les bras de sa chère Johanna! La séparation n'avait point diminué leur tendre amitié. Hélène lui écrivait tout ce qu'elle faisait, essayant de la

faire vivre de sa vie. Étant à la Nouvelle-
Orléans pour deux mois, elle lui mandait :

« Ma sœur si aimée,

« Tu veux donc que je t'envoie la physionomie de tout mon monde? Je ne l'ai pas fait
encore, ne sachant comment m'y prendre;
enfin, essayons.

« En première ligne, je te présente mon
directeur en chef, Master Frédéric Quindler :
figure-toi un grand bonhomme maigre, sec,
avec le teint rouge, les cheveux roux coupés
en brosse, qu'il recouvre d'une calotte de velours noir; il n'enlève cette calotte que pour
les représentations et la replace machinalement sur sa tête dès que c'est fini; il ne parle
que pour donner des ordres d'une voix rude;
on tremble généralement lorsqu'il daigne
ouvrir la bouche. Quant à moi, il ne me fait
point peur, je fais exactement ce qu'il me dit,
aussi me laisse-t-il fort tranquille.

« Voici William et John : rouges, secs, en
tout semblables à leur papa, avec des yeux
ternes en sus : il est vrai de dire que je n'ai
jamais vu ceux de M. Quindler, qu'il cache
sous de grandes lunettes bleues d'un effrayant
aspect. John, l'autre jour, m'a demandée en

mariage, cela m'a bien fait rire et il a paru
très étonné de mon refus.

« Salue, Johanna. Voici Mme Quindler en
personne : c'est une grosse Américaine qui a
dû être jolie, mais qui est transformée en
boule roulante; elle fait les recettes et ne s'occupe de rien, son seigneur et maître ne le lui
permettant pas.

« Sa fille Aïda est très laide et en paraît
fort contrariée; la seconde, Jenny, est un peu
boiteuse, ayant eu dans son enfance un accident grave. Elles sont toutes deux gymnasiarques avec leurs frères, et tu serais toi-
même épouvantée de ce qu'elles font; Dieu
merci, je ne t'ai jamais vue lancée ainsi dans
l'espace, rattrapée en l'air par les uns ou les
autres et rejetée encore; en les regardant, je
me réjouis chaque soir de te savoir tranquillement assise dans la grande voiture de ton
excellent mari.

« Si tu veux saluer encore, Johanna, tu
aurais peut-être un petit sourire de Mme Green;
c'est elle que je remplace le plus souvent
dans la haute école et elle ne s'en plaint pas.
M. Quindler voulait lui enlever une partie de
son traitement pour me le donner, mais je l'ai
refusé, la pauvre vieille femme n'a que cela
pour vivre; son fils, le bel Antony, présente

un petit cochon et trois chèvres du Thibet ;
il pourrait lui venir en aide, malheureusement
il boit tout ce qu'il gagne et sa pauvre mère
est souvent obligée de le nourrir.

« Quand je t'aurai nommé l'avaleur de
sabres, M. Brutius ; l'homme caoutchouc,
M. Salvator, et la nonchalante Stéphanie
Brook, qui danse sur la corde, lorsque
M. Quindler a réussi à la réveiller, tu con-
naîtras tout ce qu'il y a de remarquable dans
notre troupe ; les autres sont des comparses de
peu de valeur. Comme tu le vois, nous sommes
assez peu nombreux et notre tour revient souvent ; pour ma part, je parais deux fois, chaque
soir, sans compter les matinées d'enfants ;
mais sois tranquille, chère sœur, le bon Dieu
me soutient et me donne des forces toujours
nouvelles ; les jours passent assez vite en
pensant à toi, à ma chère France. Je n'ose te
dire maintenant ce qui m'a fait battre le
cœur, il y a quelques semaines, j'ai peur de
me bercer d'un fol espoir,... il vaut mieux
que je te présente mes seuls amis dans cette
froide Amérique. A tout seigneur, tout honneur : voilà notre bon vieux Mouton qui
s'avance ; il a les yeux un peu voilés, le museau
tout blanc, la démarche plus tranquille, mais
c'est toujours notre bon chien, prêt à me

défendre, à me consoler, à m'aimer, enfin ! Il
était un peu jaloux de Sélim, je crois, car j'ai
eu quelque peine à les mettre d'accord A
présent, il fait le beau devant lui et essaye de
lui tendre la patte, ce qui, comme tu le sais,
est sa marque de grande amitié.

« Quant à Sélim, que t'en dirai-je, si ce
n'est que c'est le plus beau cheval du monde
et le meilleur, assurément? A peine suis-je
entrée dans son écurie qu'il m'annonce par
ses hennissements que je suis reconnue. Je
passe mes bras autour de son cou, il reste là,
immobile, la tête sur mon épaule, et, quand je
le quitte, il me suit des yeux tant qu'il peut
m'apercevoir; nous avons été grondés, cor-
rigés ensemble et nous nous sommes profondément attachés l'un à l'autre.

« Gizelle, ma petite jument, est infiniment
moins aimable; je ne la vois guère, d'ailleurs,
que quand elle a sa grande selle plate. Elle
est soumise pendant le travail mais insuppor-
table à l'écurie, disent les palefreniers; j'ai
essayé de l'apprivoiser avec des morceaux de
sucre, il n'y a pas moyen : elle garde toujours
son air sauvage et tâche de me mordre dès
que le sucre est achevé.

« Il faut maintenant que tu fasses connaissance avec Miss Corinne, l'amie intime de

Mouton : c'est la plus jolie petite guenon que l'on puisse voir. M. John Quindler me l'a rapportée d'un de ses voyages au Brésil, sachant à quel point j'aime tous les animaux, et j'ai été très reconnaissante de l'attention de ce placide Américain. Je venais de perdre Fauvette, une perruche à laquelle j'avais appris quelques mots de français, et j'en avais eu un réel chagrin. Elle disait très gentîment : « Où es-tu, Johanna ? Viens donc me voir. » Corinne ne parle pas, mais elle me distrait par ses grimaces comiques et ses amabilités intéressées auprès de Mouton ; comme elle est très frileuse, elle n'a qu'un désir, dormir blottie contre le poil du chien, et, chaque soir, elle fait tout ce qu'elle peut pour qu'il vienne se coucher au pied de mon lit, comme il en a l'habitude : ce sont alors des câlineries sans fin ; elle vole un petit morceau de pain et de sucre pendant mon souper et le porte à l'endroit où il faut qu'il se couche ; Mouton cède enfin à ce dernier argument, et les deux amis dorment le mieux du monde jusqu'au jour.

« Voilà de longs détails, n'est-il pas vrai ? et j'espère que tu es contente de ta vieille amie. Tu peux me répondre ici, où nous sommes pour deux mois, dit-on. Cependant, avec M. Quindler, il faut s'attendre à tout. En fait de voyages, nous avons parcouru les États-Unis en tous sens et en descendant le Missis-sipi, par Saint-Louis, où mon cœur a battu au souvenir de mes compatriotes, nous sommes arrivés à la Nouvelle-Orléans. Rien ne saurait donner l'idée de la richesse des plaines qui bordent le Mississipi ; j'en étais éblouie. Partout, de délicieux vallons, avec des champs de coton, de canne à sucre, de tabac et de maïs, des arbres couverts de fleurs et de fruits.

« Quant à la Nouvelle-Orléans, c'est une superbe ville, mais, comme dans tout ce pays-ci, un grand marché. Le commerce y est considérable. Bien que nous soyons dans ce qu'on appelle l'hiver, il fait bien chaud, et la fièvre jaune fait de grands ravages. Ne t'inquiète pas de moi cependant ; malgré mon travail quelquefois excessif, je ne me suis ja-mais mieux portée.

« A toi, maintenant, de m'écrire une bonne longue lettre, avec bien des détails sur tous ceux que nous connaissons. Parle-moi sur-tout de ma mignonne filleule, Hélène, que je serais si heureuse d'embrasser. Si tu vas aux foires de Tours, comme ton mari en avait le projet, do: ne-moi des nouvelles de Rose, qui ne peut guère m'écrire. Mon pauvre père

n'aura pas joui longtemps de la vie tranquille
que j'avais pu lui assurer! Dieu l'aura reçu
dans sa miséricorde, j'en ai la confiance : lui
est arrivé au port, et nous irons tous l'y retrouver, j'espère. Ne crois pas, chère sœur,
que j'aie de sombres idées, mais la mort,
comme tu le sais, ne me fait point peur.

« J'oublie de te dire que j'ai eu des nouvelles de la bonne sœur Marthe : elle me parle
de toi ; elle me demande si je n'ai fait aucune
démarche pour me rapprocher de Mme de Molney, pour entendre parler d'elle...

« On vient me chercher ; je finirai cette
lettre demain. »

Le lendemain, d'une main toute tremblante,
Hélène traçait ces lignes :

« Johanna, ma sœur chérie, remercie Dieu
avec moi. Nous partons dans deux jours pour
San-Francisco ; là, nous nous embarquons
pour toucher à Yokohama et à Alger, où
M. Quindler doit acheter des chevaux ; puis
nous arrivons directement à Marseille, et nous
ferons tout le midi de la France, nous diri-
geant vers Paris, où nous devons passer l'hiver prochain. Voilà les plans que je tiens de
John lui-même. Je n'ai pas d'expression pour
te dire ma joie, et cependant une sorte d'angoisse est venue m'étreindre le cœur, en en-

tendant ce projet, qui est le dernier mot de toutes mes espérances.

« Tu vas dire que je suis folle, mais dorénavant soumettons-nous à la volonté de Dieu, s'il ne permet pas que nous ayons le bonheur de nous revoir.

« Adieu, je suis à toi avec la tendresse que tu connais.

« HÉLÈNE. »

Après avoir fermé sa lettre, la jeune fille appuya sa tête dans ses mains et laissa couler des larmes qu'elle ne songeait pas à cacher : une sorte de pressentiment douloureux lui disait qu'elle ne reverrait pas son amie.

XII

Derniers jours.

———

On était au mois d'octobre. Un homme parcourait les rues de Maubourguet, animées, comme de coutume, par la foire annuelle, et distribuait aux passants de grandes affiches vertes que beaucoup mettaient dans leur poche, sans même se donner la peine de les lire.

En arrivant près d'un groupe d'élégants promeneurs qui traversaient la place de l'église, l'homme s'arrêta un instant.

— Puis-je donner à ces messieurs et à ces dames un aperçu des exercices variés qui s'exécutent dans notre cirque? demanda-t-il en offrant les programmes. La représentation va commencer dans dix minutes...

— Si nous allions au cirque, qu'en dis-tu, Alice? dit un jeune lieutenant d'artillerie à une

élégante jeune femme qui était près de lui ;
puisque les courses sont renvoyées, ce serait
un moyen de passer agréablement notre après-
midi ; je ne vois pas trop ce que nous allons
faire sans cela.

— Je ne demande pas mieux, attendons
seulement Maurice, qui est allé rejoindre
maman à l'hôtel *Saint-Germain*.

— Ah ! ah ! admirez donc cette jeune femme
modèle, qui ne prend pas une décision sans
la permission de son mari ! s'écria en riant
Roger de Molney ; c'est très bien, très bien,
ma chère sœur, mais, en attendant que Maurice arrive, lisons ce programme pour nous
donner un avant-goût des plaisirs qu'on nous
offre : ceci a tout à fait grand air.

GRAND CIRQUE AMÉRICAIN
De passage dans la ville de Maubourguet,
A l'occasion des foires,
Une seule représentation aujourd'hui
A trois heures.

QUINDLER PÈRE ET FILS,
Directeurs et administrateurs.
La grande merveille
MISS ELLEN,

L'étoile du Nouveau-Monde, l'intrépide Américaine, montant en haute école un cheval arabe, à
demi sauvage.....

— Mais n'est-ce pas chez les Quindler que la pauvre Hélène Bourgeons s'était enrôlée? dit Alice en arrêtant vivement la lecture que faisait son frère; il me semble que c'était bien ce nom-là dont maman nous avait parlé; si par hasard cette miss Ellen, c'était elle?

— C'est peu probable, dit une des jeunes femmes qui étaient là; il y a tant de cirques américains qui voyagent en France.

— C'est vrai, mais il me semble cependant que maman avait nommé les Quindler; comme il y a déjà trois ans de cela, je n'en suis pas absolument sûre; d'ailleurs, la voilà, elle va nous le dire.

Mme de Molney arrivait, en effet, suivie de son neveu, Maurice de Larence, qui, depuis deux mois, était devenu son gendre; en quelques mots, elle fut mise au courant de la discussion et poussa un cri de surprise.

— Mais oui, assurément, ce doit être la pauvre Hélène qui est là, s'écria-t-elle; c'était bien chez les Quindler qu'elle avait pris un engagement: allons tous au cirque, si vous voulez, je la reconnaîtrai de suite, si c'est elle, et nous pourrons la voir après la représentation : toi, Roger, va donc avec Maurice prévenir M. et Mme de Pergades, qui nous cherchent, à ce qu'il paraît; vous les trouverez du côté du marché aux bestiaux, nous allons retenir vos places.

Il y eut un ébranlement général vers le cirque.

Arrivé le matin seulement, il était déjà prêt pour la représentation ; mais là, peu de mise en scène. Des individus corrects, en habits noirs, donnaient les renseignements et distribuaient les programmes; la musique, reléguée au fond, ne se faisait entendre que sourdement. Une vieille dame, à l'air respectable, enveloppée dans un superbe manteau de fourrure, consentait, comme à regret, à donner des billets.

— Quelle place...?

— Première...

— Oh yes!... quatre francs... Yes, porte à droite... Yes.

Cela ressemblait peu au cirque Bourgeons, dans lequel, dix ans auparavant, Mme de Molney et son fils étaient entrés pour la première fois. En s'asseyant sur les sièges portatifs qui étaient dans l'enceinte, elle ne put se défendre d'un sentiment de tristesse dont elle ne se rendait pas compte.

Roger, Maurice et les Pergades étaient arrivés et avaient pris leurs places : la conversation était générale et les paris ouverts;

Hélène était-elle oui ou non dans ce cirque ?
Tous connaissaient l'histoire de la petite Bourgeons, de son séjour à Lazères, et c'était avec
une impatiente curiosité qu'on attendait la soi-
disant étoile américaine.

Le cirque avait commencé la série de ses
exercices par un quadrille à cheval que personne ne regarda.

Un coup de cloche se fit entendre, strident,
prolongé : on avait fixé une barre à une assez
grande hauteur devant la porte donnant dans
l'écurie; un des écuyers parut, annonçant
Miss Ellen. Au même instant, on entendit un
galop précipité dans le couloir, une ombre
bondit dans la salle, un cri déchirant domina
la musique : le cheval avait accroché son pied
à la barre fixe et avait roulé sur le sable, en-
traînant avec lui la jeune écuyère.

D'un bond, Roger et Maurice se trouvèrent
sur la piste; Mme de Molney, horriblement
pâle, les y suivit : l'arabe, la jambe cassée, ne
se relevait pas et donnait des coups de tête
furieux; Hélène, complètement évanouie, gisait comme morte à quelques pas de lui : un
mince filet de sang coulait entre ses lèvres.

Roger et son beau-frère l'emportèrent dans
le couloir avant que ses compagnons, affairés,
aient eu le temps de la secourir; on la posa

14

avec précaution sur un des matelas qui servaient pour le trapèze volant.

Dans la salle régnait un bruit indescriptible : on sortait en foule. Alice avait rejoint sa mère et l'aidait à soutenir Hélène. Toutes deux avaient reconnu la pauvre fille et s'étaient regardées en silence, avec douleur.

Dès qu'elle fut à peu près installée, Mme de Molney essaya de dégrafer son amazone pour la laisser respirer plus à l'aise et faire cesser cet évanouissement effrayant.

Sur sa poitrine apparut une large tache noire, causée par un violent coup de tête de son cheval.

— Vite, un médecin ! dit Mme de Molney à son fils ; le nôtre si c'est possible, ou n'importe lequel.

Cependant, Hélène ouvrait les yeux ; son regard s'illumina soudain : le visage qui se penchait sur le sien avec anxiété était bien celui de sa première bienfaitrice. Elle ne pouvait parler encore, mais elle essaya de sourire et serra tendrement la main d'Alice, qui, agenouillée près d'elle, la regardait avec des yeux pleins de larmes.

— Pardon, Mesdames, dit M. Quindler en s'avançant ; il faut que l'on transporte cette jeune fille ailleurs ; elle est sur le passage, et, bien que la représentation ait été malheureusement interrompue par son accident, elle gêne pour le service et ne peut rester là.

— Elle y restera jusqu'à l'arrivée du médecin que j'ai envoyé chercher, reprit Mme de Molney en se redressant avec une certaine hauteur; je crois que tout mouvement peut être dangereux pour elle, et je m'oppose à ce qu'elle sorte d'ici.

— Mais, Madame, de quel droit venez-vous vous occuper de Miss Ellen, qui est dans ma troupe depuis trois ans et qui, en quelque sorte, m'appartient? Je vous prie de vous retirer, nous la ferons soigner de notre mieux.

— Il est inutile d'insister, Monsieur; je resterai près d'Hélène Bourgeons, que je connais depuis bien des années et qui est ma fille adoptive; s'il est possible de la transporter, on la conduira chez moi à l'instant.

Le médecin arriva comme elle achevait de parler; il s'approcha de la blessée, la regarda avec soin, la palpa doucement et écrivit, sur son carnet, une courte ordonnance.

— Ce ne sera rien, dit-il; il faut du repos et ne la laisser parler que le moins possible.

Et, comme Mme de Molney l'avait suivi, il lui dit à voix basse:

— Elle est perdue; elle n'en a pas pour

vingt-quatre heures ; elle a la poitrine enfon-
cée ; il n'y a rien à faire.

Mᵐᵉ de Molney joignit les mains, atterrée.

— Pauvre enfant ! pauvre enfant ! murmura-t-elle à plusieurs reprises. Mais ne
croyez-vous pas, docteur, qu'on puisse avec
beaucoup de précautions la transporter à Lazères ? Je voudrais tant pouvoir la ramener
chez moi !

— Je n'y vois pas d'inconvénient ; couchée
sur un matelas, dans la voiture, elle ne souffrira pas plus qu'ici. Faites-lui prendre en arrivant le cordial que j'ai prescrit, cela lui
redonnera quelques forces. Je viendrai ce soir,
et j'essaierai de calmer ses douleurs, si elles
sont trop affreuses ; mais pour la sauver, il
n'y a malheureusement rien à faire : c'est un
coup mortel.

Cependant, la pauvre Hélène cherchait des
yeux sa protectrice ; elle sourit encore lorsqu'elle la vit s'approcher.

— Pauvre petite, dans quel affreux état je
vous retrouve ! dit Mᵐᵉ de Molney en l'embrassant. Qui m'aurait dit, il y a dix ans,
qu'ici même j'aurais la douleur de vous voir
tomber sous mes yeux !

— Ne me plaignez pas, Madame, répondit
Hélène d'une voix entrecoupée de sanglots,

j'ai tant désiré vous revoir !... Je vais mourir tranquille maintenant.

Elle ferma les yeux, comme épuisée par ces quelques paroles, et parut évanouie de nouveau. Roger et Maurice la soulevèrent sur son matelas pour la porter dans la voiture, qui attendait devant la petite porte de l'écurie.

Les Quindler la regardèrent passer avec stupeur, intimidés par la ferme attitude de Mme de Molney ; ils n'osaient plus réclamer la malheureuse jeune fille. En la voyant disparaître, John se découvrit et détourna la tête ; mais, comme Mouton, éperdu, tremblant, regardait le triste cortège :

— Voilà le chien de Mlle Bourgeons, dit-il à Alice, qui passait près de lui. Si elle reprend ses sens, elle sera contente de le voir près d'elle, car elle l'aime tendrement.

La jeune femme le remercia d'un geste, et, passant sa main dans le collier du chien, elle essaya de l'attirer. Mouton suivit sans résistance.

Quelques heures plus tard, Hélène semblait avoir repris ses forces. Grâce à un calmant ordonné par le docteur, ses douleurs intenses s'étaient un peu apaisées ; elle savait qu'elle allait mourir, et sa résignation était complète. Après un long entretien avec le bon curé, qui,

14.

autrefois, l'avait préparée à sa première communion, après une explication avec Mme de
Molney, pour rassurer leur mutuelle tendresse,
elle avait fait le sacrifice de sa vie, courageusement et presque sans regrets. Ne se trou-
vait-elle pas au dernier jour dans cette petite
chambre blanche, où elle avait vécu si heureuse? Là, elle pouvait mourir en paix, entourée de ceux qu'elle aimait. Johanna, sa chère
Johanna, lui manquait cependant, et son cœur
se serrait en pensant à son chagrin.

— Apprenez-lui ma mort avec tous les mé-
nagements possibles, dit-elle à Mme de Molney,
qui ne la quittait pas ; elle était si heureuse à
la pensée de me revoir ! Dieu en décide autre-
ment, nous ne nous reverrons que là-haut.
Je voudrais qu'on lui envoie toutes mes petites affaires ; M. Quindler les donnera sans
difficultés ; il y a aussi des oiseaux et un petit
singe. Qu'on lui envoie tout cela, n'est-ce
pas ?

— Oui, chère enfant; on va aller dès ce
soir les réclamer, et on lui fera remettre le
tout fidèlement.

— Et Sélim, mon pauvre Sélim ! il n'est
pas mort, il me semble; mais ils vont le faire
tuer sans doute, car il ne leur servira plus à
rien... Oh ! je ne le voudrais pas !

— Je vais donner l'ordre à mon vétérinaire
d'aller l'acheter à M. Quindler et de le soigner,
il aura ses invalides à Lazères.

— Que vous êtes bonne, Madame ! Et maintenant il ne me reste plus que Mouton ; je ne
l'envoie pas à Johanna, il est trop vieux pour
suivre sa vie nomade ; je vous le laisse, Madame ; gardez-le, je vous en prie, en souvenir
de moi : c'était un bon et fidèle ami.

Mouton, en entendant son nom, s'était levé
du coin de la chambre où il semblait dormir
et s'approcha pour passer sa grosse langue
sur la main d'Hélène. Elle fit un effort pour le
caresser une dernière fois.

— Adieu, mon chien ! Adieu, mon vieil
ami ! murmura-t-elle. Il faut maintenant nous
séparer !

Et, se retournant vers sa bienfaitrice, elle
ajouta d'une voix qui devenait très faible :

— J'ai donné tout ce qui vivait et habitait
avec moi ; mais je veux encore donner des
souvenirs à mes amis. Je laisse le chapelet de
corail que l'on trouvera dans ma malle à
Alice ; une petite croix en onyx, qui est à
côté, à M. Roger ; à Rose, la petite Vierge
de Lourdes qui est dans ma poche ; à la sœur
Marthe, de Gênes, le rosaire qu'elle m'a-
vait donné ; pour vous, Madame, la croix qui

pend à mon cou ; je voulais aussi vous laisser
ma médaille, cette chère médaille qui me vient
de vous trois et qui ne m'a jamais quittée,
mais il vaut mieux peut-être l'envoyer à ma
filleule, la petite Hélène, la fille de Johanna ;
elle lui portera bonheur, je l'espère. Pauvre
petite !

Hélène, épuisée, retomba sur son oreiller ;
ses yeux se fermèrent de nouveau.

Le curé rentrait pour donner l'extrême-
onction à la pauvre enfant. Tout le monde
était réuni autour d'elle ; elle essaya encore
de regarder Mme de Molney, et, lui faisant
signe d'approcher :

— Vous souvenez-vous de ce que j'avais
demandé le jour de ma première communion ?
murmura-t-elle. Je voulais mourir dans vos
bras ; le bon Dieu m'a exaucée, qu'il en soit
mille fois béni !

Ce furent ses dernières paroles. Une heure
plus tard, elle s'endormait dans la paix du
Seigneur.

Une grande pierre blanche surmontée d'une
croix indique, dans le cimetière de Lazères,
la tombe de la jeune écuyère ; elle est entourée de fleurs. Mme de Molney et Alice vont
souvent y prier.

Sélim est toujours là ; il traverse en boitant

tout le parc de Lazères, dans une liberté complète : cause bien involontaire de la mort de la pauvre Hélène, on l'aime en souvenir d'elle.

Quant à Mouton, quinze jours après l'enterrement de la jeune fille, il a été trouvé mort devant la porte de sa chambre : ce fidèle ami n'avait pu lui survivre.

FIN

TABLE

Imp. Georges Jacob, — Orléans.